아빠 어디 가?

Où on va, papa?
by Jean-Louis Fournier

아빠 어디 가?

장-루이 푸르니에 장편소설 | 강미란 옮김

열림원

아빠 어디 가?

고속도로를 타러 간단다. 역방향으로 말이야.

알라스카로 가지. 가서 백곰을 쓰다듬어주자꾸나.

그리고 백곰한테 잡아먹히는 거야.

사랑하는 아들 마튜, 사랑하는 아들 토마에게

너희들이 어렸을 때, 난 성탄이 되면 왠지 너희에게 책을 선물하고 싶다는 충동을 느끼곤 했었단다. 이를 테면 만화 『탱탱』 같은 것 말이야. 나중에 그 책에 대해서 너희들과 얘기를 나눌 수도 있었겠지. 아빠는 『탱탱』을 속속들이 다 꿰고 있단다. 앨범이 나오는 족족 다 읽었거든. 그것도 여러 번이나 말이다.

하지만 단 한 번도 너희들에게 책을 선물하진 않았

지. 그럴 필요가 없었으니까. 너희들은 글을 읽을 줄 몰랐거든. 그리고 앞으로도 영영 글을 읽을 수 없겠지. 그러니 삶의 마지막 순간까지 너희들이 받을 성탄 선물은 오직 장난감 나무토막이나 장난감 자동차일 뿐⋯⋯.

이제 마튜는 멀리로 던진 공을 찾으러 떠나고 없어. 더 이상 우리가 마튜를 도와 공을 찾아줄 수 없는 그런 곳으로 가버렸지. 그리고 아직 이 세상에 남아 있는 토마는 점점 더 멍하니 자신만의 세계로 빠져들고 있구나. 그런 지금, 그래도 아빠는 너희들에게 책 한 권을 선물하려 한단다. 내 아들들을 위해 아빠가 쓰는 책이야. 우리 모두가 너희들을 기억하기 위해서 쓰는 책이요, 너희들이 그저 장애인증명서에 붙여진 사진으로만 남지 않도록 하기 위해 쓰는 책이란다. 그리고 지금까지 내가 하지 못한 말들을 적는 그런 책⋯⋯ 아마도 후회겠지. 그래, 난 좋은 아빠가 아니었어. 너희들을 참아낼 수 없었던 적이 많았단다. 사랑하기에는 너무나 버거운 그런 아이들이었거든. 너희들을 키

우기 위해서는 천사의 마음, 천사의 인내가 필요했지. 하지만 아니? 아빠는 천사가 아니란다.

우리가 함께 행복한 시간을 보내지 못해 얼마나 후회스러운지 너희들에게 말하고 싶은 거야. 그리고 어쩌면 너희를 잘 낳아주지 못한 이 아비가 용서를 구하는 것일지도.

너희들도 그렇고, 나도 그렇고, 또 너희 엄마도 그렇고…… 참 우리는 운도 없었지. 그냥 그렇게 하늘에서 툭하고 떨어진 거야. 이런 걸 재수가 없다고 한단다.

이제 그만 좀 구시렁거려야겠다.

장애를 가진 아이들의 얘기를 할 때면, 마치 무슨 큰 변이라도 당한 듯 사람들은 사뭇 심각한 분위기를 만들곤 하지. 그래서 난 미소를 지으며 내 아들들의 이야기를 해보려고 해. 너희들은 날 많이도 웃게 만들었지. 그것이 꼭 원해서 그런 것만은 아니었지만…….

너희들 덕분에 난 평범한 아이를 가진 부모들이 못 누린 혜택을 받기도 했었단다. 이를테면 난 자식들의 학업 문제나 진로 걱정으로 골치가 아파본 적이 없어.

이과로 보내야 하나, 아니면 문과로 보내야 하나를 두고 심각하게 고민을 해본 적도 없고 말이다. 너희들이 커서 어떤 일을 할까 생각하며 머리를 싸매본 적도 없단다. 엄마와 난 미리 그 답을 알고 있었거든. 우리 아들들은 아무 일도 할 수 없을 것이란 걸 이미 알았던 거야.

혜택 중에 빼놓을 수 없는 것이 하나 있지. 아빠는 수년간 자동차세 스티커를 공짜로 발급받았었단다. (장애아를 둔 부모들은 자동차세납부 영수증의 역할을 하는 스티커를 무료로 발급받았었다. 그러나 1991년 자동차세 스티커 시스템이 없어진 이후, 장애아를 슬하에 두어 그나마 받았던 혜택도 없어졌다.) 그래서 너희들 덕분에 별다른 세금 없이 커다란 미국차를 몰 수 있었지.

열 살 먹은 토마가 '카마로(Camaro, 미국 시보레*Chevrolet* 산 자동차—역주)' 에 오른 이후, 이 녀석은 늘 했던 질문을 몇 번이고 되풀이한다.

"아빠 어디 가?"

처음엔 나도 토마의 질문에 대답했다.

"집에 간단다."

1분이 지나고, 아무렇지 않은 듯 순진하게 토마가 또 같은 질문을 한다. 방금 내가 한 대답을 머릿속에 입력시키지 않은 모양이다. 그렇게 열 번 이상 같은 질문을 받은 나는 더 이상 대답하지 않는다…….

나도 우리가 어디로 가는지 모르겠구나, 토마야.

가자니 태산이고, 돌아서자니 숭산인 것을. 이러다 골로 갈지도.

장애를 가진 아들 하나, 그리고 둘. 뭐, 셋인들 달라지랴…….

하지만 나에게 이런 일이 생길 줄은 몰랐는걸.

아빠 어디 가?

고속도로를 타러 간단다. 역방향으로 말이야.

알라스카로 가지. 가서 백곰을 쓰다듬어주자꾸나. 그리고 백곰한테 잡아먹히는 거야.

버섯을 따러 간단다. 독버섯을 따서, 그것으로 맛있는 오믈렛을 해먹자꾸나.

수영장에 가자. 가서 제일 높은 다이빙대에서 뛰어내리자. 물 한 방울 없는 풀장으로 말이야.

바다에 간단다. 몽생미셸(Mont-Saint-Michel, 프랑스 노르망디 생말로 만(灣)의 연안에 위치. 수도원으로 유명한 유적지. 작은 바위산으로 만조 때가 되면 육지와

연결된 방파제만 남긴 채 바다에 둘러싸임-역주)에 가지. 가서 움직이는 모래 위를 걸어다니자꾸나. 그러다 그 모래 속에 둘 다 빠져, 지옥으로 떨어지는 거야.

태연하기만 한 토마는 계속해서 묻는다.

"아빠 어디 가?"

아마도 이번에는 신기록을 세울 것만 같다.

백 번쯤 같은 질문을 반복해서 들으니 슬슬 재미있어진다. 토마와 있으면 지겨울 일이 없다. 토마는 '러닝 개그'의 대마왕이다.

정상이 아닌 아이를 갖게 되면 어쩌나 걱정해보지 않은 이 있다면 손을 들지어다!

아무도 손을 들지 않는군.

누구나 한 번쯤은 이 문제에 대해 생각해보기 마련이다. 마치 지진에 대해서 생각해보듯 말이다. 그리고 딱 한 번밖에 일어날 수 없는, 그런 세상의 종말을 생각해보듯 말이다.

난 세상의 종말을 두 번 겪었다.

사람들은 갓 태어난 아기에게 감탄 어린 눈길을 보내
곤 한다. 어쩜 이렇게 잘생겼지? 아기의 손을 보게 된
다. 올망졸망 작은 손가락을 세어본다. 양손에 각기 다
섯 개의 손가락이 달려 있고, 발도 마찬가지라는 사실
을 알게 된다. 아니, 이렇게 놀라울 수가! 네 개도 아니
요, 여섯 개도 아닌, 정확히 다섯 개! 매 순간이 기적이
다. 몸속은 말할 필요도 없다. 조금 더 복잡할 뿐.

　아이를 갖는 것은 큰 위험이 따르는 일이다…….
매번 다 성공할 수는 없으니까 말이다. 그럼에도 불구

하고 사람은 계속해서 아이를 만든다.

　우리가 사는 지구에서는 1초마다 한 여자가 새 생명을 낳는다고 한다……. 얼른 그 여자를 찾아! 그리고 당장 그만두라고 말해! 어느 개그맨이 말했다.

어제 아내와 나는 아베빌의 수녀원에 갔다. 칼멜수녀원에 계신 마들렌느 이모에게 마튜를 소개시키기 위해서였다.

우린 석회 칠을 해놓아 벽이 온통 하얀 면회실로 안내되었다. 면회실의 안쪽으로는 두꺼운 커튼으로 가려놓은 작은 창이 나 있었다. 인형극에서 볼 수 있는 붉은 커튼이 아닌 검은색이었다. 커튼 너머로 우리에게 말을 거는 목소리가 들려왔다.

"애들아, 안녕?"

마들렌느 이모였다. 이모가 있는 곳은 봉쇄수녀원이었다. 그러니 우리를 직접 만나는 것은 금지되어 있었다. 잠시 우리와 대화를 나눈 이모는 마튜를 보고 싶어했다. 이모는 우리에게 창턱에 아기바구니를 올려놓은 후, 벽을 향해 뒤로 돌아서라고 했다. 봉쇄수녀원의 수녀님들에게도 아주 어린 아기를 보는 것은 허락되었다. 조금 큰 어린이는 안 된다. 이모는 곧 다른 수녀님들을 불렀다. 당신의 조카 손자를 보여주기 위해서였다. 긴 수녀복이 부스럭거리는 소리, 조심히 웃음을 참느라 '푸흡, 크크크' 거리는 소리, 까르르 웃는 소리까지 들려왔다. 결국 커튼을 젖히는 소리가 들렸다. 그리고 이어지는 온갖 찬사들, 성스러운 아기에게 보내는 도리도리, 까꿍까꿍의 콘서트……

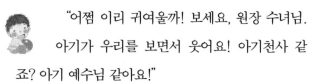

"어쩜 이리 귀여울까! 보세요, 원장 수녀님. 아기가 우리를 보면서 웃어요! 아기천사 같죠? 아기 예수님 같아요!"

수녀님들은 마치 아기에게 아무 이상이 없는 듯 말했다.

수녀님들에게 있어 아이들이라는 존재는 그 무엇이기에 앞서 좋으신 하느님의 창조물이다. 그러니 아이들은 완벽한 존재일 수밖에. 하느님이 만드신 모든 것은 완벽하다. 수녀님들은 결점을 보려 하지 않는 것이다. 게다가 이 아이는 원장 수녀님의 조카 손자가 아닌가! 갑자기 나는 뒤를 돌아 수녀님들에게 농담 따위는 그만 집어치우라고 말하고 싶어졌다.

하지만 그러지 않았다. 그러지 않길 잘한 일이다.

내 가엾은 아들 마튜…… 난생 처음으로 칭찬이란 걸 들어보는 것이 아닌가.

마튜가 영영 정상이 아닌 채 살아갈 것이라는 사실을 용기 내어 말해준 그 의사를 나는 절대 잊지 못할 것이다. 그 의사는 바로 퐁텐 교수였다. 릴르(Lille, 프랑스 북부 도시-역주)에서 있었던 일이었다. 퐁텐 교수는 나와 아내에게 헛된 희망은 가지지 말라고 했다. 마튜는 지체아이며, 앞으로도 계속 그런 채로 살아갈 것이라고. 달리 할 수 있는 일도 없다고 했다. 마튜는 장애아. 정신적으로도, 또 신체적으로도 장애를 가진 아이.

그날 밤, 아내와 나는 제대로 잠을 잘 수가 없었다. 악몽을 꿨던 것으로 기억한다.

퐁텐 교수 이전의 의사들은 그저 막연한 진단결과를 통보하곤 했었다. 마튜의 신체발달이 느린 것은 사실이나, 정신적으로는 전혀 문제가 없다고 했었다.

알고 지내던 부모들과 친구들은 서툰 솜씨로나마 우리 부부를 안심시키려 애썼다. 마튜는 볼 때마다 놀라운 발달을 보인다고 소리 모아 말했다. 그러던 어느 날, 난 그들에게 이렇게 말했던 것으로 기억한다. 난 마튜가 보여주지 않는 발달에 놀랄 뿐이라고 말이다. 난 다른 이들이 낳아놓은 아이들을 바라봤다.

마튜의 온몸은 흐느적거렸다. 목이 고무로 되어 있는 듯, 마튜는 머리를 제대로 가누지 못했다. 다른 아이들이 몸을 똑바로 세우고 건방지게 먹을 것을 요구할 때, 우리 마튜는 항상 그렇게 누워 있었다. 마튜는 배가 고픈 법이 없었다. 그러니 마튜에게 밥을 먹일 때는 천사의 인내심이 필요했다. 그리고 마튜는 그 천사에게 토를 해댔다.

아이가 태어나는 것이 기적이라면, 장애아의 경우
는 그 정반대이다.

가엾은 마튜는 앞을 제대로 보지 못했다. 부서지기
쉬운 뼈를 가졌고, 두 발은 뒤틀렸으며, 얼마 가지 않
아 곧 등마저 굽었고, 머리는 덥수룩했으며, 얼굴도
못생겼다. 특히 마튜는 행복하지 않았다.

아이를 웃게 하기가 너무도 힘이 들었다. 마튜는 단
조로운 어투로 끊임없이 한 문장을 반복해댔다.

"아이구 마튜야…… 아이구 마튜야……."

가끔 마튜는 끔찍할 정도로 울어대곤 했다. 마치 우리에게 아무 말도 전할 수 없는 것에 대해 큰 고통을 받는 듯이⋯⋯ 왠지 마튜는 자신이 처한 상황에 대해 이해하는 것 같았다. 아마 아이는 이런 생각을 했으리라.

'이럴 줄 알았다면 세상에 나오지 않는 건데!'

난 모질기만 한 아이의 운명에 맞서 마튜를 보호해 주고 싶었다. 하지만 정말 진저리를 치게 만드는 것은 우리가 마튜를 위해 아무것도 해줄 수 없다는 사실이었다. 마튜를 달랠 수도 없었고, 있는 그대로의 모습으로 마튜를 사랑한다고 말할 수도 없었다. 왜냐하면 마튜는 귀머거리였기 때문이다.

이런 마튜의 삶, 지구에서 아이가 보낸 고통스러운 나날들을 만들어낸 장본인이 나라는 생각을 할 때면, 그리고 내가 마튜를 이 세상으로 데려왔다는 생각을 할 때면⋯⋯ 난 마튜에게 용서를 빌고 싶어진다.

정상이 아닌 아이를 알아보는 방법은 무엇인가?

정상이 아닌 아이는 뭔가 흐릿하고 막연하다. 그리고 왠지 일그러진 모양이다.

광택 없는 유리를 통해서 아이를 보는 느낌이랄까.

하지만 광택 없는 유리 따위는 없다.

아이가 선명해질 리도 없다.

정상이 아닌 아이의 삶은 그리 신나지 않은 법. 시작부터 우울하다.

처음으로 눈을 뜬 아이에게 보이는 것은 침대 위로 몸을 숙여 자신을 바라보는 절대 낙망한 두 사람의 얼굴이다. 아이의 엄마와 아빠. 이 두 사람이 생각하고 있는 바는 이러하다.

'이 아이를 우리가 만든 거야?'

엄마와 아빠는 그리 자랑스러워하는 표정이 아니다.

가끔 이 엄마와 아빠는 다투기도 한다. 서로에게 책

임을 물어가면서 말이다. 이 둘은 가계도에 코를 박고 알코올중독자였던 증조할아버지 혹은 먼 삼촌뻘을 찾아내고야 말 것이다.

이 엄마와 아빠가 헤어지는 일도 종종 생기곤 한다.

마튜는 '부릉! 부릉!' 하며 차 소리를 내곤 한다. 자기가 자동차라도 되는 줄 아는 모양이다. 마튜가 '르망 24시간 레이스(Vingt-Quatre Heures du Mans, 프랑스의 도시 르 망 근처에서 열리는 세계 정상의 자동차 경주 대회-역주)'를 펼칠 때는…… 정말 죽고 싶다. 마튜가 밤이 새도록 배기관도 없이 죽어라 달려대는 것이다.

이제 그만 차의 시동을 꺼달라고 마튜에게 몇 번이나 말했다. 물론 헛수고였다. 마튜는 이치를 따져 생각하거나, 옳고 그름을 판단할 수 없는 아이였다.

잠이 오질 않는다. 내일 아침에는 일찍 일어나야 하는데! 가끔…… 끔찍한 생각들이 들곤 한다. 마튜를 창문 밖으로 확 내던져버리고 싶다. 하지만 우리집은 1층이다. 던진다 한들 무슨 소용이 있겠는가. 계속해서 마튜의 자동차 소리를 들어야 할 것이다.

정상적인 아이들도 부모의 잠을 설치게 하는 경우가 있다며 스스로를 달래본다.

그것 참 고소하다!

마튜는 제대로 몸을 가눌 수가 없었다. 근육에 힘이 부족한 것이, 마치 헝겊인형과도 같다. 그런 마튜에게 어떤 신체발달이 이루어질 것인가? 마튜가 크면 어떤 모습일까? 아이를 도울 사람을 붙여줘야 하나?

나는 마튜가 자동차 정비소에서 일할 수도 있을 것이라는 생각을 했다. 누워서 일을 하는 정비사. 리프트가 없는 정비소에서 자동차 아랫부분을 고지는 그런 기술자 말이다.

마튜에게는 심심풀이 놀이감이 별로 없다. 마튜는 텔레비전도 보지 않는다. 굳이 텔레비전까지 대동해 바보가 될 필요가 없는 아이였다. 물론 글을 읽지도 않는다. 마튜를 조금이나마 행복하게 만들어주는 듯 보이는 것은 바로 음악이다. 마튜는 음악 소리가 나오면 공을 쳐댄다. 마치 북을 치듯, 일정한 리듬에 맞춰서.

마튜의 공은 이 아이의 인생에 있어 아주 큰 부분을 차지한다. 혼자서는 도저히 찾아오지 못할 곳으로 공을 던지며 시간을 보내는 마튜. 그러고서 아이는 아내와 나를 찾으러 온다. 공을 던진 곳을 손으로 가리키며 우리를 데려간다. 그러면 우리는 공을 찾아 마튜에게 돌려준다. 5분이 지나고, 마튜가 다시 우리를 찾는다. 어디론가 공을 날려보낸 것이다. 마튜는 똑같은 행동을 하루에 열 번도 넘게 반복할 수 있는 아이다.

말할 필요도 없다. 이것만이 우리와의 관계를 형성하기 위해 마튜가 찾아낸 유일한 방법이요, 또 아내와 내가 제 손을 잡아줄 수 있는 유일한 기회라 제 딴에는 생각했겠지.

이제 마튜는 홀로 공을 찾으러 나섰다. 공을 너무 멀리 던져버린 것이다. 아내와 내가 공을 찾아줄 수 없는 그런 먼 곳으로……

곧 여름이 찾아온다. 나무에는 꽃이 한창이다. 아내는 두 번째 아이를 기다리고 있다. 인생은 아름답다. 살구가 나오는 철에 아이가 세상에 태어난다. 아내와 나는 아이가 태어나길 손꼽아 기다린다. 한 움큼의 불안과 함께.

아내는 걱정을 하고 있음에 틀림없다. 하지만 내가 불안해할까 두려워 아무런 말도 없다. 그러나 나는 다르다. 나는 일단 말하고 본다. 나 혼자서 이 불안을 감당하기에는 너무나 버겁다. 누군가와 함께 나눠야 한다. 도저히 참을 수가 없었다. 아내에게 말을 꺼냈던 그 날이 아직도 기억난다. 난 아무렇지도 않게 물었다.

"이 아이도 정상이 아니면 어떻게 하지?"

웃자고 한 얘기만은 아니었다. 안심하기 위해, 그리고 모진 운명에 대비하기 위해 그런 것이었다.

이런 일이 두 번이나 닥칠 줄은 몰랐다. 고운 자식 매로 키운다고 하지…… 하지만 하느님이 나를 이토록이나 예뻐하실까 싶다. 아무리 내가 나 잘난 맛에 사는 인간이라고는 하나, 이런 생각을 할 정도는 아니다.

마튜는…… 사고였다. 그리고 이런 사고는 딱 한 번 찾아오는 것이 일반적이다. 이론상 이런 사고는 반복되지 않는다.

불행이란 놈은 기다리지 않는 자에게 찾아온다고 한다. 불행에 대해 생각조차 해보지 않은 이들에게 찾아온다고 한다. 그래서 불행이 찾아오지 않도록, 우리는 그 불행에 대해 생각한 것이다……

토마가 태어났다. 너무나 고운 아기다. 금발에 검은 눈을 가진 아기, 형형한 눈빛을 한 토마는 늘 웃는다. 이 기쁨을 어찌 잊을 수 있으랴.

정말 잘 만들었다 싶다. 한없이 소중하고 한없이 연약한 토마. 금발의 토마는 보티첼리의 아기천사를 닮았다. 아무리 내 품에 안아봐도 지겨운 줄 모르겠다. 온종일 토닥거리고, 만지작거리고, 함께 놀고, 웃게 만드는 일…… 정말 지겨운 줄 모르겠다.

이제서야 정상적인 아이를 갖는다는 게 어떤 것인

지 알았다고 친구들에게 말한 것을 난 기억한다.

너무 서둘러 기뻐해버렸다. 토마는 허약했고, 자주 아프곤 했다. 몇 번이나 병원에 입원을 시켜야 했다.

어느 날, 아이의 주치의는 진실을 토로하는 용기를 보였다. 토마는…… 토마 역시…… 장애아였던 것이다. 제 형처럼 말이다.

토마는 마튜와 두 살 터울이다.

모든 것이 짝짝 들어맞기 시작했다. 토마는 점점 제 형을 닮아갈 것이다. 그리고 나는 두 번째 세상의 종말을 맞았다.

세상은 나에게 가혹한 시련을 주었다.

하다못해 TF1(프랑스 텔레비전 채널-역주) 드라마에서도 시청자들을 울릴 최루형 비운의 주인공을 만든답시고 이런 상황을 그려내진 않을 것이다. 너무 오버하는 것이 아닌가라는 생각 때문에, 그래서 현실감이 떨어지지 않을까 하는 걱정 때문에, 오히려 비웃음거리가 되지 않을까 하는 걱정에 말이다.

나는 세상으로부터 감동적이고 훌륭한 아버지라는 역할을 배정받았다.

내 생긴 것이 이런 역할에 어울려서 그런 것인가?

내가 과연 감동을 주는 훌륭한 사람이 될 것인가?

사람들을 울고 웃게 할 것인가?

"아빠 어디 가?"

"루르드(Lourdes, 성모가 발현하였으며 치유의 기적이 일어난다는 가톨릭의 성지. 프랑스 남부의 작은 도시-역주)에 간단다."

마치 이해를 한 듯, 토마가 웃어대기 시작했다.

할머니는 어느 수녀님과 합심하여 두 아이를 데리고 루르드로 가보라고 권하셨다. 당신께서 여행경비도 대주려 하셨다. 할머니는 기적을 기다리는 것이다.

루르드는 너무 멀다. 사리를 따질 줄 모르는 두 아

이를 데리고 12시간이나 기차를 타야 하는 그곳은 너무 멀다.

돌아오는 길에는 아이들이 얌전하고 말도 잘 들을 것이라 할머니가 말했다. '기적이 일어난 후에' 라는 말은 차마 하지 못하셨다.

어쨌든 기적이라는 것이 일어날 리가 없다. 장애아는 하늘이 내린 벌이라는 말을 들은 적이 있다. 그러니 굳이 기적을 일으키며 성모 마리아가 하늘의 뜻에 거역하는 것은 상상이 가지 않는다. 성모님은 하느님이 하신 결정에 감놓아라 배놓아라 하실 분이 아니지 않은가.

그리고 루르드에 가면 수많은 사람들 속에, 행렬 중에, 혹은 한밤중에 아이들을 잃어버릴 수도 있을 것이다. 그리고 다시는 아이들을 되찾을 수 없을지도 모른다.

혹시…… 이런 것이 기적일까?

장애아를 가진 부모들이 그런 자식을 가졌다는 사실 말고도 또 참아내야 하는 것이 바로 망언이다.

다 그럴 만한 짓을 해서 생긴 일이라고 생각하는 사람들이 있다. 날 생각한답시고 누군가가 이런 얘기를 들려주었다. 어느 신학생이 있었다고 한다. 그리고 그 신학생이 서품을 받을 즈음 한 여자를 만났다고 한다. 신학생은 그녀와 열렬한 사랑에 빠졌다. 결국 그는 신학교를 포기하고 그녀와 결혼을 했다. 나중에 두 사람 사이에 아이가 태어났는데, 바로 장애아였단다. 그러고도 싸지!

장애아를 갖는 것은 우연이 아니라는 사람들도 있다. '이게 다 네 아버지 때문이야……' 라며 말이다.

어젯밤 나는 꿈속에서 아버지를 만났다. 어느 술집에서였다. 아버지께 난 한 번도 만나보지 못한 당신의 손자 둘을 인사시켰다. 아버지는 마튜와 토마가 태어나기 전에 돌아가셨다.

"아버지, 보세요!"

"누구냐?"

"아버지 손자들이에요. 어때요?"

"좀 그렇네."

"이게 다 아버지 때문이에요."

"무슨 소리를 하는 거냐?"

"술 때문이라고요! 알코올중독 부모에게서 나오는 자식들이 다 그렇죠, 뭐…… 잘 아시잖아요."

아버지는 나에게서 등을 돌려버렸다. 그리고 술 한 잔을 더 시켰다.

'나 같았으면 태어나자마자 숨을 못 쉬게 해서 보내 버렸을 거야. 새끼 고양이를 보낼 때 하듯이 말이야.' 라고 말하는 사람들도 있다. 정말 상상력 없는 사람들 이다. 새끼 고양이를 죽여본 적도 없다는 것이 훤히 보인다.

우선 아이가 태어났을 때, 그 아이에게 특별한 신체 적 이상이 없는 한 장애를 가졌는지 아닌지 알 길이 없다. 내 아이들이 아직 아기였을 때는 다른 아기들과 다를 바가 없었다. 다른 아기들처럼 혼자 밥을 먹을 줄도 몰랐고, 다른 아기들처럼 말을 할 줄도 몰랐으며, 다른 아기들처럼 걸을 줄도 몰랐다. 그리고 가끔 빙그레 미소를 짓곤 했다. 특히 토마가 그랬다. 마튜는 웃는 일이 드물었다…….

내 아이가 장애라는 사실을 곧바로 알게 되는 것은 아니다. 이것은 일종의 서프라이즈다.

이런 말을 하는 사람들도 있다.

"장애아는 하늘이 주신 선물이야."

웃으려고 하는 소리가 아니다. 그리고 이런 말을 하는 사람들은 장애아를 가진 부모가 아니다.

이런 하늘의 선물을 받으면 이렇게 말하고 싶어진다.

"아이구! 이러실 필요까지는 없었는데……."

토마는 태어났을 때 아주 좋은 선물을 받았다. 모두 은으로 된 작은 컵, 접시, 그리고 숟가락 세트였다. 접시 둘레와 숟가락 손잡이에는 입체 조개무늬가 새겨져 있었다. 우리 부부와 가까운 친구 중 하나이며, 은행장으로 있던 토마의 대부에게서 받은 선물이었다.

토마가 자랐고, 아이의 장애도 눈에 띄게 드러났다. 그 후로 토마는 대부에게서 선물을 받지 못했다.

만일 토마가 정상아였다면, 분명 펜촉이 금으로 된 만년필을 선물받았을 것이다. 그리고 테니스 라켓, 사진기…… 하지만 정상이 아니었던 토마는 그 어떤 선물도 받을 수가 없었다. 그렇다고 해서 토마의 대부를 탓할 일만은 아니다. 너무나 당연하다. 토마의 대부는 이런 생각을 했을 것이다. '세상이 아이에게 선물을 주지 않았는데, 굳이 나라고 선물을 할 필요가 있겠어?'

아니, 선물을 받았다고 치자. 하지만 토마는 그 선물을 제대로 사용하지도 못했을 것이다.

나는 아직도 토마가 받은 은접시를 갖고 있다. 이젠 내 재떨이로 쓰인다. 토마와 마튜는 담배를 피우지 않는다. 앞으로 담배를 피울 일도 없을 것이다. 아이들은 이미 약물 중독이다.

안정상태를 지속시키기 위해, 토마와 마튜는 매일 진정제를 먹는다.

장애아의 아빠는 항상 우울한 표정이어야 한다. 십자가를 지고, 고통의 마스크를 써야 한다. 농담을 하거나, 장난을 쳐서도 아니된다. 장애아의 아빠는 웃을 자격도 없다. 웃는다는 것은 최고로 눈치 없는 행동일 테니까 말이다. 장애아를 둘이나 가진 아빠에게는 이 모든 조건이 곱빼기가 된다. 장애아를 둘이나 가진 아빠는 곱빼기로 슬픈 모습을 보여야 한다.

운이 없는 사람은 운이 없는 사람의 모습을 해야 하

며, 또 불행한 표정을 지어야 한다. 이것이 바로 살아가는 지혜이다.

하지만 나는 살아가는 지혜를 자주 잊곤 했다. 언젠가 마튜와 토마가 다니던 의료교육원의 원장 의사와 만난 일이 기억난다. 나는 원장에게 내 속얘기를 털어놓았다. 요는 이렇다. 가끔 나는 토마와 마튜가 지극히 정상적인 아이들이 아닐까 생각하곤 한다는…….

내 말을 들은 원장은 웃기지도 않는다고 했다.

그의 말이 맞았다. 웃기지도 않는 얘기였다. 하지만 그 원장이 깨닫지 못한 것이 있었다. 이것이야말로 현실을 직시하기 위해 내가 찾아낸 유일한 방법이었다는 사실이다.

거대한 코를 가진 자신을 놀려댔던 시라노와도 같이, 나는 장애인 자녀를 둔 나 자신을 놀려댄다. 아버지로서 내가 가질 수 있는 특혜이다.

나는 두 명의 장애아를 가진 아빠로서의 경험담을 들려주기 위해 어느 텔레비전 프로그램에 초대된 적이 있었다.

　거기서 내 아들들의 얘기를 했다. 아이들의 바보 같은 짓 때문에 많이 웃곤 한다는 사실을 강조했다. 그리고 장애아라 하여 우리를 웃음 짓게 하는 특혜로부터 제외시켜서는 안 된다고도 말했다.

　아이들이 입 주위에 초콜릿 크림을 잔뜩 묻혀가며 먹는 모습을 볼 때, 사람들은 웃는다. 하지만 그 아이가 장애아일 경우에는 절대 웃지 않는다. 이 장애아는 그 누구도 웃기지 않을 것이다. 이 아이는 자신을 보며 웃는 사람을 볼 수도 없을 것이다. 아니, 웃는 사람을 볼 수는 있으리라. 아이를 놀려대는 바보 같은 그런 웃음을 짓는 사람 말이다.

나는 그날 방송을 녹화해두었다. 그리고 그 비디오를 봤다.

웃음에 관해 말한 부분은 모두 편집이 되었다.

방송국 측에서 부모들의 입장을 고려해야 한다고 생각한 것이다. 웃음에 관한 이야기가 부모들에게 충격을 가져다줄 수도 있단다.

토마가 혼자 옷을 입어보려 한다. 벌써 셔츠 하나를 걸쳐 입었다. 하지만 토마는 단추를 채울 줄 모른다. 이제 토마는 스웨터를 입으려 하고 있다. 구멍이 난 스웨터이다. 토마는 어려운 길을 택했다. 목 부분으로 머리를 집어넣는 대신―정상적인 아이었다면 아마 그렇게 했으리라―토마는 스웨터에 난 구멍으로 머리를 담아보려 애쓴다. 하지만 그리 간단하지가 않다. 스웨터에 난 구멍은 고작 5센티미터 정도밖에 되지 않으니 말이다. 시간이 걸린다. 토마는 우리가 자신의

모습을 보며 웃기 시작했음을 알아차
렸다. 아이가 도전할 때마다 구멍은 자
꾸 커져만 간다. 토마는 절대 포기하지 않는다. 오히
려 우리가 웃으면 웃을수록 더 용기를 내어 도전에 도
전을 반복한다. 10분이 지났고, 드디어 토마는 성공
을 거뒀다. 환한 토마의 얼굴이 스웨터 밖으로 빠져나
왔다. 스웨터에 난 그 구멍 밖으로.

　그렇게 개그 콘서트는 막을 내렸다. 박수를 쳐주고
싶었다.

곧 성탄이 다가온다. 그래서 인형가게에 들렀다. 점원 하나가 굳이 나를 돕겠다고 나선다. 내가 원한 것도 아닌데 말이다.

"몇 살짜리 어린이 선물을 고르시나요?"

경솔한 나, 점원의 질문에 대답해버렸다. 마튜는 열한 살이고요, 토마는 아홉 살이랍니다.

점원은 마튜를 위한 선물이라며 과학놀이 세트를 권했다. 아직도 기억이 난다. 상자 안에는 아이가 혼자서 라디오 수신기를 만들 수 있도록 용접 철선이며

전선이 가득 들어 있었다. 토마한테는 프랑스 지도 퍼즐을 권했다. 각 도와 도시들의 이름이 조각나 있는 퍼즐. 제 자리를 찾아 붙여야 하는 것이었다. 순간, 마튜가 만들어놓은 라디오를 떠올렸다. 그리고 토마가 붙여놓은 프랑스 지도 퍼즐도 상상해보았다. 스트라스부르(독일과 근접하며 프랑스의 북동쪽에 위치한 도시)는 지중해 연안(프랑스 남부)에 가 있고, 브레스트(대서양과 가까운 프랑스 북서쪽에 위치한 도시)는 오베른뉴 지방(프랑스 중부)에 붙어 있으며, 마르세유(프랑스 남부의 도시)는 아르덴느 지방(벨기에와 가까우며 프랑스 북동쪽에 위치한 지방)에 가 있을 토마의 퍼즐……

점원은 '꼬마 화학자'라는 놀이도 추천했다. 집에서 여러 가지 간단한 화학실험을 해볼 수 있게 만든 놀이였다. 불을 피울 수도 있고, 오색 빛을 내는 작은 폭발물을 만들 수도 있었다. 꼬마 화학자도 있는데 '꼬마 가미카제(2차 세계대전 중 자살공격으로 유명했던 일본 공군을 일컫는 말-역주)'인들 어떠랴! 한방에 모든 것

을 처리해버리도록 수류탄 벨트로 무장한 꼬마 가미

카제…….

　나는 점원의 설명을 차근차근 다 들었다. 점원에게

도와줘서 고맙다는 인사를 하고는 선물을 결정했다.

마튜는 장난감 큐브 세트, 토마는 작은 자동차 세트.

해마다 그랬듯이 말이다. 도대체 무슨 영문인지 점원

은 이해할 수 없는 눈치다. 점원은 묵묵히 선물포장을

했다. 그리고 선물 꾸러미 두 개를 들고 가게를 나가

는 나를 지켜보았다. 가게를 나오던 나는 그 점원이

동료에게 하는 손짓을 볼 수 있었다. 손가락을 이마에

짚으며 이런 말을 하는 듯했다. '저 손님, 머리가 좀

어떻게 됐나 봐…….'

토마와 마튜는 한 번도 산타할아버지를 믿어본 적
이 없다. 아기 예수님은 말할 필요도 없다. 이런 데에
는 아이들 나름의 합당한 이유가 있다. 산타할아버지
께 무슨 선물을 달라고 편지(성탄께가 되면 프랑스 아
이들은 산타할아버지에게 편지를 보낸다. 따라서 11월부
터 프랑스 우체국에서는 산타할아버지 앞으로 온 편지를
덤딩하는 부서가 생기며 아이들에게 답장을 보내기도 한
다-역주)를 써본 적이 없는 아이들이다. 아기 예수님
이 선물을 주지 않는다는 것을 잘 알 수밖에 없는 아

이들이다. 아니, 선물을 줄 수도 있지. 하지만 그 선물이 어떤 것인지 조심해야 할 필요가 있었다.

아내와 나는 아이들에게 굳이 거짓말을 할 필요가 없었다. 아이들 몰래 장난감 큐브나 자동차를 사러 갈 필요도 없었다. 모르는 척, 아무것도 없는 척할 필요가 없었다는 말이다.

우리집은 구유를 만든 적도, 크리스마스트리를 만든 적도 없었다.

촛불을 켜 장식을 하지도 않았다. 불이 날까 두려웠기 때문이다.

감탄에 찬 아이의 똘망똘망한 눈빛도 물론 없었다.

우리에게 성탄은 다른 날과 다를 바가 없었다. 성스러운 아기는 아직 태어나지 않았던 것이다.

장애인 고용을 위한 노력이 한창이다. 장애인을 고용하는 회사는 각종 세금혜택을 받는다. 괜찮은 발상이요 노력이다. 나는 가벼운 정신장애를 앓는 아이들이 서빙을 보는 지방의 한 식당을 알고 있다. 그들을 보면 감동이 밀려온다. 아이들은 한없이 좋은 마음으로 음식을 나른다. 하지만 주의할 것 하나! 웬만하면 소스가 듬뿍 담긴 음식은 시키지 말지어다 혹 시킨다면 우비 같은 것으로 철저히 무장하도록.

마튜와 토마가 일하는 모습을 상상해보지 않을 수

가 없다.

늘 '부릉부릉' 을 외치는 마튜는 트럭운전을 할 수 있겠지. 몇 톤이 넘는 트레일러를 뒤에 달고, 앞 유리창은 온통 인형으로 장식을 한 마튜의 대형트럭. 또 그런 트럭으로 전속력을 다해 유럽을 횡단하는 마튜.

작은 비행기 장난감을 가지고 놀기 좋아하며, 그 비행기들을 상자에 정리하는 것을 즐기는 토마는 어떤가 보자. 아마 관제사 요원이 될 수 있지 않을까? 대형 여객기를 착륙시키는 일을 맡을 수도 있을 것이다.

이보게, 장-루이! 자네는 부끄럽지도 않은가? 아무힘도 없는 저 가엾은 똥강아지들을 놀려대다니! 그것도 아이들의 아버지라는 사람이 말이야!

아니, 부끄럽지 않다. 하지만 내가 이런 말을 한다고 해서 아이들을 사랑하지 않는 것은 아니다.

한동안 우리집에는 아이들을 돌봐주는 도우미가 있었다. 북쪽 지방 출신으로 이름은 조제였다. 금발이었으나 염색을 했고, 무척 투박한 것이 농장일을 돌보는 여자 같은 분위기였다. 전에는 릴르 근처의 내로라하는 집안에서 도우미로 있었다고 한다. 조제는 아내와 나에게 초인종 하나를 사라고 부탁했다. 자신을 부를 때 사용하라는 것이었다. 언젠가 조제는 은식기가 어디에 있느냐고 물었었다. 전에 있었던 집에서는 일주일에 한 번씩 은식기를 닦았다며 말이다. 그러자 아내는 조제에게 말했다. '저희집 은식기는 시골집에 있어요.' 그리고 어느 날 조제가 그 시골집에 가게 되었는데…… 물론 은식기 따위는 없었다.

조제는 아이들을 정말 잘 돌봐주었다. 토마와 마튜를 대할 때, 정상아를 대할 때와 똑같이 행동했다. 약해지지도 않았고, 지나치게 부드럽지도 않았으며, 필요할 때는 아이들을 엄하게 다룰 줄도 알았다. 조제는 내 아이들을 무척 좋아했던 것 같다. 토마와 마튜가 말썽을 피울 때마다 조제가 이렇게 말하는 것을 들었다.

"도대체 너희들 머릿속에는 지푸라기가 들은 거냐 뭐냐!"

그렇게 정확한 진단은 없었다. 조제 말이 백번 옳았다. 토마와 마튜의 머릿속에는 지푸라기가 들어 있었다. 하지만 의사라는 양반들은 그걸 보지도 못했던 것이다.

우리집 가족앨범은 넙치만큼이나 얇다. 토마와 마튜의 사진은 별로 없으며, 또 아이들의 사진을 보여주고 싶지도 않다. 원래 정상적인 아이들의 사진은 정성들여 찍는 법이다. 온갖 포즈를 다 찍고, 무슨 일이 있을 때마다 찍어댄다. 첫돌 사진, 처음으로 걸은 날 찍은 사진, 처음으로 목욕하는 모습을 찍은 사진. 그리고 찌어놓은 아이의 모습을 지긋한 눈길로 바라본다. 조금씩 아이가 성장하는 것이 보인다. 하지만 장애아는 다르다…… 난 아이가 조금씩 퇴

보하는 모습을 보고 싶지 않다.

얼마 되지도 않는 마튜의 사진을 볼 때면, 우리 마
튜가 참 못났었구나 인정하게 된다. 정상아가 아니라
는 사실이 한눈에 보인다. 하지만 아내와 나는, 마튜
의 부모인 우리는…… 그걸 보지 못했다. 우리에게
마튜는 잘생기고 귀엽기만 한 아기였다. 우리의 첫아
기였으니까 말이다. 사람들은 늘 '귀여운 아기'라고
말하지 않는가! 아기는 못생길 자격이 없다. 적어도
아기에게 못생겼다는 말을 하면 안 된다.

내가 무척 좋아하는 토마의 사진이 있다. 세 살 무
렵, 커다란 벽난로에 올려놓고 찍은 사진이다. 벽난로
의 장작 받침쇠와 수북한 잿더미 가운데, 즉 불을 피
우는 바로 그곳에 놓인 작은 의자에 토마가 앉아 있
다. 고약한 악마 대신, 가냘픈 아기천사가 미소를 짓
는다.

올해 친구들은 자식들과 오순도순 찍은 사진을 연
말연시 카드로 보내왔다. 모두들 행복해 보인다. 온
가족이 웃고 있다. 우리집에서는 찍기 어려운 그런 사

진이다. 일단 특별주문으로 마튜와 토마를 웃게 만들어야 한다. 그렇다면 아내와 나는, 우리라고 항상 웃고 싶겠는가.

그건 그렇다 치자. 하지만 무뚝뚝하며 찌그러진 내 새끼들의 얼굴 위로 찍힌 '해피 뉴 이어'라는 금박 입힌 단어가 어떻게 보이겠는가. 이건 새해인사 카드라기보다는 〈하라-키리〉(아이러니가 가득한 캐리커처 작가 Reiser의 대표작-역주) 표지를 더 닮은 모습일지 모른다.

어느 날, 플런저(흔히 '뚫어뻥'이라는 상표명으로 불리는 물건-역주)로 막힌 개수대를 뚫고 있는 조제를 본 적이 있다. 나는 조제에게 플런저를 하나 더 사야겠다고 말했다. 그랬더니 조제가 물었다.

"더 사서 뭣하시게요? 하나면 충분해요."

나는 조제에게 이렇게 대답했다.

"아이가 둘이잖아요, 조제."

조제는 내 말을 이해하지 못했다. 그래서 나는 자세하게 설명해주었다. 마튜와 토마를 데리고 산책을 하던 중 작은 내를 건너야 하는 일이 생겼는데, 바로 그때 플런저를 썼더니 참 편하더라고 말이다. 아이들의 머리에 플런저를 붙이고, 그 손잡이를 들어올리면 되는 것이다. 그러면 아이들 발에 물을 묻히지 않고도 내를 건널 수 있다. 아이들을 안아올리는 것보다 더 편한 방법이었다.

　내 말을 들은 조제는 단단히 겁을 먹었다.

　그날 이후, 집에 있던 플런저마저 없어지고 말았다. 조제가 어딘가에 숨겨놓은 것이리라⋯⋯.

마튜와 토마가 잠이 들었다. 나는 자고 있는 아이들을 물끄러미 바라본다.

무슨 꿈을 꾸고 있을까?

다른 아이들과 같은 꿈을 꿀까?

아마도 밤에는 똑똑해지는 꿈을 꿀지 모른다.

아마도 밤에는 복수라도 하듯, 천재가 되는 꿈을 꿀지 모른다······.

아마도 밤에는 폴리테크니크(Polytechnique, 수재들이 모이는 이공과 대학-역주) 학생이 되고, 또 유명한 연구인이 되어 뭔가를 찾아낼지 모른다.

아마도 밤에는 새로운 법과 원칙들, 뛰어난 공준이며 정리를 발견해낼지 모른다.

아마도 밤에는 끝이 없는 어려운 계산을 하고 있을지 모른다.

아마도 밤에는 그리스어와 라틴어를 유창히 구사할지 모른다.

하지만 날이 밝자마자 다시 장애아로 돌아가는 것이다. 아무도 모르게 그렇게, 조용한 삶을 살 수 있도록 그렇게. 사람들이 귀찮게 굴세라 일부러 말을 하지 못하는 척하는 것이다. 사람들이 말을 걸었을 때, 의무적으로 대답하지 않아도 되게끔 일부러 못 알아듣는 척하는 것이다. 마튜와 토마는 학교에 가는 것도, 숙제를 하는 것도, 또 무언가를 배우는 것도 싫은 것이다.

이런 아이들을 이해해야 한다. 밤새도록 진지하게 연구를 하지 않았는가. 그러니 해가 뜨면, 조금은 긴장을 늦출 필요가 있다. 그래서 바보짓을 하는 것이다.

마튜야, 토마야······.

엄마와 아빠가 유일하게 성공을 거둔 것이 있다면, 그것은 아마도 너희들의 이름을 예쁘게 지어준 것이 아닌가 싶구나. 마튜와 토마라는 이름은 세련됨과 동시에 가톨릭적인 이름이잖니? 혹시 모르지 않느냐. 이왕이면 모든 이에게 잘 보여야지.

너희들에게 하늘의 은총이 내리길 바랐다면, 아빠가 제대로 착각했던 것일까?

조막만한 몸이며 손발을 볼 때면, 솔직히 너희들이

'타잔'이란 이름을 갖기엔 약간 무리가 있지 않겠나 싶다. 정글에서 나뭇가지 위를 날아다니는 모습, 피에 굶주린 온갖 맹수들과 싸우는 모습, 팔힘만으로 사자의 입을 쩍 하고 벌리는 모습, 그리고 버팔로의 목을 비틀어버리는 너희들의 모습이 상상이 가질 않는구나.

너희들은 '정글의 왕 타잔'이라기보다는 '정글의 수치 타준(〈정글의 왕 타잔〉을 패러디한 만화-역주)'이라고 해야 맞겠지.

하지만 이것만은 잊지 마라. 난 자신감 넘치고 거만한 타잔보다는 너희들이 더 좋단다. 너희들이 타잔보다 훨씬 더 감동적이란다. 너희를 볼 때면 ET가 생각나.

토마는 안경을 쓴다. 작고 빨간 안경테가 녀석에게 썩 어울린다. 멜빵바지에 안경까지 낀 토마는 미국 대학생 같은 분위기를 풍긴다. 왠지 끌리는 아이다.

토마의 시력이 좋지 않다는 것을 어떻게 알게 되었는지 잘 기억은 안 난다. 이제 안경을 썼으니, 녀석이 보는 모든 것은 선명하게 보일 것이다. 스누피, 그림……결국 토마도 글을 읽게 되는구나 하고 참으로 순진한 생각을 했던 때가 있었다. 우선 만화책을 사줄 생각이었다. 그다음에는 『길 표시』 시리즈(1937년 시작된 어린이 모험동화 시리즈. 스카우트 얘기가 주를 이룸-역주), 그다음에는 뒤마와 쥘 베른의 책, 또 그다음에는 『대장 몬느』. 그러고 나면 푸르스트라고 못 읽을 소냐!

아니다. 토마는 글을 읽을 수 없을 것이다. 책에 쓰인 글자가 선명하게 보인다 하더라도 아이의 머릿속에서는 여전히 희미하게만 느껴질 것이다. 책 속에 가득한 파리 다리 같은 것들이 우리에게 이야기를 들려주고, 우리를 어딘가로 데려가줄 수도 있다는 사실을 토마는 결코 알지 못할 것이다. 토마에게 있어 글자라는 것은, 나에게 있어 상형문자와도 같은 것이다.

토마는 글자를 그림이라고 생각할 것이다. 아무런 뜻도 없는 작은 그림들. 아니면 개미가 줄을 지어 지나가는 것이라 생각할지도 모른다. 놈들을 짓이겨버리려 손을 가져가봐도 개미들이 도망치지 않자, 토마는 사뭇 놀라 멍하니 개미행렬을 바라본다.

지나가는 사람들의 측은지심을 불러일으키기 위해 거지들은 자신들이 처한 불행, 굽은 발, 절단된 다리나 팔, 늙은 개, 병이 나 털이 다 빠진 고양이, 그리고 불쌍한 자식들을 자신있게 내보인다. 나도 거지들처럼 할 수 있다. 동정심을 일으키기에 안성맞춤인 호소력 강한 아들이 둘이나 있다. 온통 해진 감색 외투를 입히고 아이들을 내세우면 되는 것이다. 난 아이들과 함께 상자를 깔아놓은 땅바닥에 주저앉으면 된다. 삶과 고통에 찌든 표정을 지을 것이다. 사람들의 마음을 사로잡는 음악을 연주할 수도 있을 것이다. 그러면 마튜는 옆에서 리듬에 맞춰 공을 두드릴 것이다.

연극인을 꿈꿨던 나는 알프레드 비니의 『늑대의 죽음』을 연기하고, 그 옆에서 토마는 우는 늑대 이야기를 들려줄 수 있으리라.

"느때가 운다, 느때느때……."

사람들은 우리의 공연에 크게 감동받을지도 모른다. 그리고 우리 부자에게 동전 몇 푼을 던져주겠지. 그럼 우리는 그 돈을 가지고 돌아가신 할아버지를 기억하며 술 한 잔을 기울일 수 있으리라.

드디어 일을 저지르고 말았다. 벤틀리 자동차를 한
대 구입한 것이다. 22마력의 마크 4. 기름을 엄청 먹
는다. 겉은 검은 빛을 내는 짙은 감색이고, 안은 빨간
가죽으로 되어 있다. 계기판 판넬은 결을 잘 살린 측
백나무로 되어 있고, 거기에 동그란 모양의 계기판이
달렸고, 보석을 깎아놓은 듯한 모양의 불이 들어온다.
화려한 사륜마차를 보는 듯 너무나 아름답다. 차가 멈
추면, 거기서 왠지 영국 여왕이 내릴 것 같다.

나는 토마와 마튜를 데리러 의료교육원에 갈 때 벤

틀리를 몰고 간다.

  아이들을 뒷자석에 앉힌다. 왕자님들처럼
말이다.

난 내 차가 무척이나 자랑스럽다. 사람들은 뒷자석에
누가 앉아 있나, 어떤 유명한 사람이 타고 있나 기웃거
린다. 사람들은 경외심을 가지고 내 차를 바라본다.

뒤에 누가 타고 있는지 알아차린다면? 사람들은 아
마 실망할 것이다.

영국 여왕 대신, 침을 질질 흘리는 일그러진 얼굴의
두 똥강아지가 타고 있으니…….

둘 중 그나마 똑똑한 아이는 끊임없이 한 얘기를 반
복한다.

"아빠 어디 가? 아빠 어디 가?"

중학교 다니는 아들 녀석들을 차에 태우고 돌아오
는 아빠가 말을 하듯, 그렇게 내 아들들에게 말을 해
보고 싶은 충동을 느낀 적이 있었다. 그래서 나는 아
이들의 공부에 대한 질문을 지어냈다.

"마튜! 몽태뉴에 대한 숙제는 잘 했니? 논술 점수는

얼마나 받았어? 토마는? 라틴어 번역 시험에서 몇 개
나 틀렸니? 삼각법 수업은 좀 어때?"

공부에 대한 질문을 하면서 나는 백미러를 통해 멍
한 눈빛을 하고 무뚝뚝하게 앉아 있는 두 녀석을 보았
다. 난 내 질문에 대한 아이들의 진지한 대답을 바랐
는지 모른다. 장애아 코미디는 이제 그만 멈춰주길 바
랐는지 모른다. 장애아 흉내 내기 놀이는 더 이상 재
미가 없으니 말이다. 모두 관두고 남들과 같은 모습으
로 돌아가길 바랐는지 모른다. 내 아이들도 다른 아이
들처럼 정상으로 돌아가길…….

나는 잠시 아이들의 대답을 기다렸다.

토마가 여러 번 반복해 말했다.

"아빠 어디 가? 아빠 어디 가?"

그리고 마튜는 입으로 소리를 냈다.

"부릉부릉! 부릉부릉!"

흉내 내기 놀이는 아니었던 모양이다.

토마와 마튜가 많이 자랐다. 토마는 열한 살, 마튜
는 열세 살이다. 언젠가 아이들에게 수염이 생기면,
그때는 아이들의 수염을 깎아줘야 할 것이라 생각했
다. 수염이 난 똥강아지들의 모습을 상상해보았다.

아이들이 크면 각자에게 크고 좋은 면도칼을 선물
하리라. 두 아이를 욕실에 가두고, 아이들이 그 면도
칼로 뭘 하든 그냥 두는 것이다. 그리고 아무런 소리
가 들리지 않으면, 아내와 나는 욕실을 청소하기 위해
대걸레를 가지고 들어간다.

이 이야기를 아내에게 해줬다. 아내를 웃기기 위해서였다.

주말이 되면 토마와 마튜는 의료교육원에서 돌아온다. 온갖 생채기와 손톱 자국을 여기저기 낸 채로 말이다. 그곳에서 아이들끼리 어지간히도 싸우는 모양이다. 아니면 이럴 수도 있다는 상상을 했다. 시골에 있는 센터의 교사들은 투계도 금지되었고 하니 아이들끼리 싸움을 붙여 내기를 하는 것이다. 즐기기도 하고, 돈도 벌자는 심산이다.

상처의 깊이를 보니, 금속으로 된 닭발을 아이들의 손가락에 붙이는 모양이다. 어허, 이런 고약한.

의료교육원 중앙본부에 편지를 한 장 써야겠다. 더
이상 그런 내기를 하지 못하도록 말이다.

토마는 이제 더 이상 제 형을 부러워할 필요가 없게 되었다. 토마도 곧 의료용 코르셋을 갖게 될 것이다. 크롬처리된 메탈과 가죽으로 된 무시무시한 보정기구이다. 토마의 몸도 점점 주저앉는다. 제 형처럼 등도 굽고 있다. 이제 조금만 있으면 토마와 마튜는 평생 밭일을 해온 두 늙은이 같은 모습을 하게 될 것이다.

보정기구의 가격은 엄청나게 비싸다. 파리 근처 라모뜨-삐께라는 곳의 르프레트르 가에서 만든 수제품이다. 매해 아내와 나는 아이들을 데리고 그곳에 가

보정기구를 맞춘다. 해마다 아이들도 자라기 때문이다. 아이들은 별 반항 없이 조용히 치수를 재도록 내버려둔다.

의학용 코르셋을 입은 아이들은 가슴을 덮는 갑옷을 입은 로마병사와도 닮았다. 번쩍번쩍 빛나는 크롬 덕에 공상과학만화에 나오는 인물과도 닮았다.

아이들을 안을 때에는 로보트를 안은 기분이 든다. 강철로 된 인형 같다.

밤이 되면, 스패너를 이용해 코르셋을 벗겨주어야 한다. 그렇게 가슴 갑옷을 벗겨놓으면, 철골이 남긴 보랏빛 자국이 아이들의 벗은 가슴 위로 드러나 보인다. 나는 그렇게 깃털이 뽑혀 덜덜 떨고 있는 작은 새 두 마리를 다시 만나는 것이다.

나는 장애아들을 위한 텔레비전 방송을 여럿 만들었다. 그 첫 번째 방송을 아직도 기억한다. 방송의 첫 부분은 '예쁜 아기 선발대회' 자료화면으로 시작했었다. 그리고 앙드레 다사리의 노래를 음향효과로 집어넣었다.

"영예를 비웃으며 영예를 향해 날아가는 젊음을 노래하세······."

나는 예쁜 아기 선발대회를 이해할 수 없었다. 아직도 그런 것이, 왜 예쁜 아기를 가진 부모를 축하하고 상을 주는지 정말 모르겠다. 그렇다면 왜 장애아를 가진 부모를 벌하고, 또 그들에게 벌금을 물게 하지 않는가? 마치 그들의 잘못인 듯 말이다.

심사위원들 앞에 자신의 작품을 번쩍 들어올려 보이는 거만하고 자신에 찬 엄마들의 모습을 떠올려본다.

당시 나는 생각했다. 엄마들이 아이를 땅에 떨어뜨려버렸으면…….

예정보다 일찍 집으로 들어간 어느 날.

조제가 아이들 방에 혼자 있었다. 아이들의 두 침대는 비어 있었고, 창문은 활짝 열려 있었다. 난 창틀에 기대어 어렴풋한 걱정을 안고 밖을 내려다보았다.

당시 우리는 15층에 살고 있었다.

아이들이 어디 갔지? 아이들 소리가 들리질 않아.

조제가 아이들을 밖으로 던진 것이다. 갑자기 광기에 휩싸여 그런 것이다. 이런 이야기가 가끔 신문 기사에 나지 않는가.

나는 심각한 표정으로 조제에게 물었다.

"왜 아이들을 창밖으로 던진 거예요?"

나쁜 생각을 하지 않기 위해 웃자고 내뱉은 말이었다.

조제는 아무런 대답이 없었다. 내 말을 이해하지 못하는 모양이었다. 아연실색한 조제.

계속해서 나는 진지한 말투로 말했다.

"지금 조제가 한 일은 옳지 않아요. 내 아이들이 장애아라는 것은 저도 잘 압니다. 하지만 그렇다고 해서 아이들을 밖으로 내던져버리다니요!"

잔뜩 겁을 먹은 조제는 아무 말 없이 나를 쳐다봤다. 아마 내가 무서운 모양이었다. 조제는 내 방으로 건너가더니 두 아이를 안고 다시 나타났다. 그리고 아이들을 내 앞에 내려놓았다.

아이들은 아무런 이상이 없었다.

혼란스러울 수밖에 없었던 조제는 속으로 이런 생각을 했을 것이다.

'집 주인 아이들이 이상한 건 다 이유가 있었어……'

마튜와 토마는 바흐, 슈베르트, 브람스, 쇼팽을 절대 알지 못할 것이다.

어느 우울한 아침, 기분도 별로고 보일러마저 고장난 그런 날에, 이 음악가들 덕분에 기운을 찾는 경험을 누려보지 못할 것이다. 모차르트의 아다지오를 들을 때 닭살이 돋는 그 기분을 느끼지 못할 것이다. 아이들은 결코 모르리리. 베토벤의 우르릉거리는 선율, 리스트의 엄습하는 듯한 음악, 금방이라도 폴란드로 달려가고 싶게 만드는 바그너, 바흐의 튼튼한 춤사위, 그리고 슈베르트의 처량한 노래를 들으며 흘러내리는 따스한 눈물을…….

아이들과 함께 하이파이 오디오의 성능을 비교해보고 싶었다. 한 대 사주고도 싶었다. 아이들의 음반 수집을 돕고, 또한 그들의 첫 레코드를 사주고 싶었다…….

아이들과 함께 음악을 듣고, 평을 하고, 다양한 버전을 들어보고, 그중 제일 괜찮은 것을 고르고…….

베네데티, 굴드, 아라우의 피아노와 메누힌, 오이스트라크, 밀슈타인의 바이올린에 전율케 하고…….

그래서 아이들에게 천국의 모습을 엿보게 해주고 싶었다.

가을이다. 벤틀리를 타고 콩피에뉴 공원을 달린다. 뒷자석에는 토마와 마튜가 앉아 있다. 바깥 풍경은 형용할 수 없을 정도로 아름답다. 붉게 물든 숲은 와토의 그림과도 같이 곱기만 하다. 하지만 나는 아이들에게 이런 말을 할 수조차 없다.

"얘들아, 밖을 한번 봐라. 너무 아름답지?"

마튜와 토마는 바깥 풍경을 보지도 않는다. 관심도 없다. 나는 내 아들들과 그 무엇도 함께 감상할 수가 없다.

아이들은 와토의 그림을 알지 못할 것이다. 미술관에 가지도 않을 것이다. 인간에게 살아갈 힘이 되어주는 이 거대한 기쁨…… 내 아이들은 제외대상이다.

간식인 감자튀김이 남았다. 아이들은 감자튀김을 무척 좋아한다. 특히 토마가 그렇다. '감티기! 감티기!' 하면서 좋아한다.

차 안에 우리 셋만 있을 때면, 별별 이상한 생각이 다 들곤 한다.

가스통 하나와 위스키 한 병을 사볼까? 그리고 다 마셔버려야!

이러다 대형 교통사고라도 난다면 정말 다행이지 않을까 싶다. 특히 내 아내를 위해서는 말이다. 난 점점 더 피곤한 스타일이 되어가고, 아이들은 크면 클수록 더 힘들어지고 있다. 나는 두 눈을 감는다. 눈을 감은 채 가능한 오랫동안 속력을 내본다.

아내가 세 번째 아이를 가졌을 때 진료를 담당했던 의사를 잊을 수가 없다. 당시 우리는 유산을 생각했었다. 그러자 의사가 말했다.

"노골적으로 말씀드리죠. 두 분은 정말 극적인 상황에 처해 있습니다. 장애아를 둘이나 두고 계시니까요. 세 번째 아이도 장애아라 칩시다. 지금 상황과 그리 달라질 것이 있습니까? 이번에는 이 아이가 정상아라고 생각해봅시다. 그렇다면 얘기는 180도 달라지겠죠. 더 이상 실패 속에 머물지 않아도 되는 거예요. 이 아이가 바로 여러분 인생의 행운이 될 테니까요."

우리 인생의 행운을 마리라 부르기로 했다. 마리는 지극히 정상적인 아기였고, 참으로 고운 아기였다. 당연한 일인지 몰랐다. 이번 성공에 앞서 아내와 나는 이미 두 번이나 일을 망치지 않았는가. 마튜와 토마의 일을 알고 있던 의사들도 이내 안심했다.

마리가 태어나고 이틀 후, 소아과 의사가 진료차 찾아왔다. 한참 동안 마리의 발을 지켜보더니 큰 소리로 의사가 말했다.

"아기 다리가 기형인 것 같은데……."

그리고 잠시 후, 의사가 덧붙였다.

"앗! 제가 잘못 봤군요."

아마 웃자고 한 소리였을 것이다.

무럭무럭 잘 자란 마리는 우리에게 있어 더할 수 없는 자랑거리였다. 정말 예쁘고, 정말 똑똑한 아이다. 우리가 겪었던 모진 운명에 대한 통쾌한 복수가 아닐 수 없었다. 적어도 그날이 오기 전까지…….

아니다. 여기서 그만두기로 하자.

아내는 나로 인해 인내의 한계를 경험했다. 아이들의 엄마는 더 이상 견딜 수 없었던 모양이다. 아내가 나를 떠났다. 다른 곳에 가서 웃기 위해 떠나버렸다. 나란 놈은 그래도 싸다. 아니 뗀 굴뚝에 연기 나랴.

 나는 그렇게 혼자가 되었다. 제대로 갈 길을 잃은 채 말이다.

청춘을 되찾고 싶다.

나는 혼인정보업체에 보낼 광고문을 상상해본다.

'사춘기 청소년. 40세. 자녀 셋. 그중 둘은 장애아.

지식을 겸비하고 유머감각이 있는 젊은 여자를 찾고 있음.'

정말이지, 보통 유머감각이 있지 않고선 안 될 일이었다. 특히 블랙유머.

어쨌든 나는 살짝 멍청해 보이는 예쁜 아가씨 몇몇을 만날 수 있었다. 난 아이들 얘기를 꺼내지 않으려 노력했다. 만일 얘기를 했다면? 걸음아 날 살려라 하며 냉큼 도망쳤을 것이다.

나에게 아이가 있다는 사실을 알고 있던 금발의 여인을 기억한다. 하지만 그녀 역시 아이들의 상태가 어떤지는 알지 못했다. 그녀가 했던 말이 아직도 귀에 생생하다.

"도대체 언제면 아이들을 만나볼 수 있는 거예요? 일부러 못 만나게 하는 거예요? 혹시 내가 부끄러운가요?"

마튜와 토마가 다니는 의료교육원에는 젊은 여선생님들이 많다. 특히 갈색머리를 하고, 키가 큰 아름다운 선생님이 한 분 계시다. 그 선생님이야말로 이상적

인 애인이 될 터였다. 선생님은 내 아이들을 잘 알고
있고, 또 아이들을 어떻게 다뤄야 하는지도 잘 알고
있었다.

하지만 그 여선생과는 일이 잘 풀리지 않았다. 그녀
는 아마 이런 생각을 했으리라.

'장애아들? 주중에는 괜찮아. 내 일인걸, 뭐. 하지만
주말이 되어서도 장애아와 함께 있어야 한다니……'

아니면 내가 그녀의 스타일이 아니었을지 모른다.
아마 이런 생각을 했겠지.

'이 남자, 장애아 전문이야 뭐야? 나하고도 또 장애
아를 만들어낼지 몰라. 절대 사양하겠어!'

그리고 어느 날 매력적이고 지성을 겸비했으며, 유
머감각까지 뛰어난 한 여인이 나에게 관심을 갖기 시
작했다. 나뿐만이 아니라, 내 가엾은 똥강아지들에게
까지. 아이들과 나는 운이 참 좋았다. 그녀가 우리 곁
에 남아준 것이다. 그녀 덕에 토마는 지퍼 열고 닫는
법을 배웠다. 물론 그리 오래가진 못했다. 다음날이
되자 토마는 언제 배웠느냐는 듯 다 잊어버렸다. 처음

부터 다시 가르쳐야 했다.

　내 아이들과 있을 때는 반복하기를 두려워해서는 안 된다. 뭐든 다 잊어버리기 때문이다. 싫증도, 버릇도, 지루함도 내 아이들에게는 통하지 않는다. 그 어떤 것도 구식이 되지 않는다. 아이들에게는 모든 것이 새롭다.

나의 작은 새 두 마리 보거라.

아빠의 인생에 소중한 순간을 선사해준 그것이 무엇인지 너희들은 절대 이해하지 못하겠지? 이런 생각을 하면 가슴이 아프단다.

오직 한 사람이 세상의 전부가 되고, 그 사람만을 위해 존재하게 되고, 그 사람의 발소리나 목소리를 들으면 가슴이 떨리며, 결국 그 사람을 보면 온몸에 힘이 풀리는 놀라운 순간 말이야. 부서질세라 보듬는 것조차 두렵고, 그 사람과 입을 맞출 때면 온몸이 불타오르고, 우리 주위의 모든 것이 희미하게 되는 그런 순간.

머리부터 발끝까지 차오르는 짜릿한 전율을 너희들은 느낄 수가 없겠지. 모든 것을 바꿔버리는 것보다, 감전이 되는 것보다, 그래서 죽는 것보다 더 혼란스러운 그런 기분을 너희들은 알 수가 없겠지. 온통 뒤죽박죽이고, 너희들의 혼을 쏙 빼버리는 느낌. 결국 정신까지 놓게 하고, 온몸에 소름이 돋게 하는 소용돌이 속으로 너희들을 끌고 갈 그런 전율의 순간. 너희들의 가슴속을 흔들어놓고, 화끈화끈 얼굴을 붉히게 하며, 온몸의 털이 솟게 만들고, 말을 더듬게 하며, 말도 안되는 소리를 하게 만들고, 웃고 울게 하는 그런 달콤한 전율을 너희들은 이해할 수 없겠지.

나의 작은 새 두마리…… 너희들은 결코 '사랑하다 *aimer*'라는 1군동사의 일인칭단수 동사변형을 알 수 없을 테니 말이다.

길거리에서 장애아를 돕는 모금을 하는 경우가 있다. 나는 돈을 내지 않는다.

그렇다고 '나는 장애아 둘을 둔 아빠요' 라고 말을 할 용기도 없다. 사람들은 아마 내가 농담을 한다고 생각할 것이다.

이런 경우에 나는 아무런 거리낌 없이 미소를 지으며 말한다.

"장애아요? 이미 줄 만큼 줬습니다."

새 한 마리를 상상해보았다. 그 새의 이름은 '안티플라이'. 희귀종이다. 여느 새들과는 다른 그런 새다. 이 새는 고소공포증이 있다. 새 치고는 정말 운이 없는 경우다. 하지만 이 새는 강한 정신력을 가지고 있다. 자신의 장애를 딱하게 여기는 대신, 그걸 가지고 농담을 할 줄 안다.

누가 안티플라이에게 날아보라고 하면, 이 녀석은 굳이 날지 않아도 될 재미있는 변명을 생각해낸다. 안티플라이는 그렇게 사람들을 웃긴다. 게다가 이 녀석은 배짱도 좋다. 하늘을 나는 새들, 지극히 정상적인 그런 새들을 놀려먹는다.

토마와 마튜가 길거리에서 마주치는 정상적인 아이들을 놀리는 것과도 같다.

거꾸로 돌아가는 세상이어라.

비가 온다. 아이들과 함께 산책을 나갔던 조제는 예정보다 일찍 집으로 돌아왔다. 지금 조제는 마튜의 간식을 준비하고 있다.

토마가 보이지 않는다. 거실 밖으로 나가보았다. 복도 벽에 토마의 우주복이 걸려 있다. 아직도 두툼하게 부풀어 있는 것이, 아이 몸의 모양을 그대로 간직하고 있다. 나는 제법 엄한 표정을 하고 거실로 다시 들어갔다.

"조제! 왜 토마를 옷걸이에 걸어놓으신 거예요?"

내 말을 이해하지 못한 듯, 조제는 물끄러미 나를 쳐다본다.

나는 계속해서 코미디를 한다.

"장애라고 해서 옷걸이에 걸어두는 것은 옳지 않아요!"

별다른 변명 없이 조제가 대답했다.

"말리려고 잠시 걸어뒀어요. 너무 많이 젖어서요."

내 아이들은 정이 참 많다. 토마가 가게에 갈 때면, 안에 있는 모든 사람들에게 뽀뽀를 해주고 싶어한다. 젊은이든, 늙은이든, 부자든, 가난한 사람이든, 직공이든, 귀족이든, 백인이든, 흑인이든. 그 어떤 차별도 없다.

사람들은 열두 살이나 먹은 아이가 자신을 향해 달려드는 모습에 가끔 부담스러워 한다. 어떤 이는 멈칫하며 뒤로 물러서고, 어떤 이는 아이가 하는 대로 가만놔둔다. 그러고는 손수건으로 얼굴을 닦으며 말한다.

"참 착하네. 어쩜 이리 정이 많을까!"

그 말이 맞다. 내 아이들은 참 착하다. 아이들에게
'악' 이란 어디에도 존재하지 않는다. 죄악을 모르는
순수한 이들처럼. 내 아이들은 원죄 전에 존재하는 아
이들이다. 모든 사람들이 착했고, 너그러운 자연이 있
었으며, 독버섯 따위는 존재하지 않았고, 거리낌 없이
호랑이를 쓰다듬어줄 수 있었던 그런 때에 존재하는
아이들이다.

동물원에 간 아이들은 사자에게 뽀뽀를 해주고 싶
어한다. 아이들이 우리집 고양이의 꼬리를 아무리 잡
아당겨도, 고양이는 아이들을 할퀴지 않는다. 아마 고
양이는 이렇게 생각하고 있으리라.

'쯧쯧, 가여운 것들. 너희들은 장애아지? 그러니 내가
참아야지, 뭐. 머리가 온전치 않은 아이들이니……'

토마와 마튜가 호랑이의 꼬리를 잡아당긴다고 생각
해보자. 과연 호랑이도 고양이와 같은 반응을 보일까?

한번 봐야겠다. 하지만 그 전에 호랑이에게 먼저 귀
띔을 해주리라.

아이들과 함께 산책을 할 때면, 마치 내 두 손에 나무인형 혹은 헝겊인형을 들고 있는 기분이 든다. 내 아이들은 참으로 가볍다. 작고 허약한 뼈를 가진 아이들이다. 토마와 마튜는 제대로 성장하지 않는다. 살도 찌지 않는다. 열네 살이지만 일곱 살처럼 보인다. 작은 요정들이다. 아이들은 불어를 쓰지 않는다. 아이들은 요정 말을 쓴다. 아니면 야옹야옹거린다. 으르렁거리기도 하고, 멍멍 짓기도 한다. 삐악삐악, 귀뚜르르 귀뚜르르, 까악까악, 꿱꿱, 삐그덕삐그덕거린다. 내가 아이들의 언어를 늘 이해하는 것은 아니다.

두 요정의 머릿속에는 무엇이 들어 있는고. 머리가 크지도 않을 것이며, 머리를 굴릴 줄도 모를 똥강아지들. 지푸라기를 제외하면, 아이들의 머리에는 든 것이 별로 없을 것 같다. 잘 해야 '새대가리'라는 말이다. 아니면 쓸데도 없는 고물 라디오가 들어 있을까? 제대로 용접도 되지 않은 전선 몇 개, 트랜지스터, 자주 꺼지지만 그래도 아직은 깜빡거리는 작은 전구, 녹음된 몇 마디가 끊임없이 반복되는 그런 라디오 말이다.

이런 머리를 가지고 있는 아이들이 성능이 좋을 리 없다. 폴리테크니크에 들어갈 일도 없을 것이다. 오호통재라! 수학에 늘 약했던 나로서는 정말 자랑스러운 일이었을 텐데…….

얼마 전 일이다. 나는 정말 큰 감동에 휩싸였다. 마튜가 독서삼매경에 빠져 있었던 것이다. 너무나 감격한 나는 아이 곁으로 다가갔다.

하지만 마튜는 책을 거꾸로 들고 있었다.

나는 〈하라-키리〉를 정말 좋아했다. 그래서 언젠가는 표지를 만들어보고 싶은 생각이 들었다. 폴리테크니크 학생이었던 동생에게 유니폼도 빌릴 생각이었다. 그리고 앞뒤로 뾰족 나온 그 특유의 모자까지 마튜에게 씌워줄 생각이었다. 그리고 아이의 사진을 찍는 것이다. 이미 사진 설명도 생각해두었다.

'올해 폴리테크니크 수석은 남학생이 차지!'

미안하다, 마튜야. 하지만 이런 꼬인 생각을 하는 것이 꼭 아빠 탓만은 아니란다. 너를 놀리고 싶었던 것이 아니야. 아마 나 자신을 놀리려는 것이었겠지.
내가 처한 고통에 내가 웃는 걸 봐라, 더 이상 무슨 말
이 필요하겠니…….

마튜의 몸이 점점 굽어간다. 물리치료, 의료용 코르셋…… 아무 소용이 없다. 열다섯 살의 마튜는 평생 밭만 갈아온 늙은 농부의 모습을 닮았다. 함께 산책을 할 때면, 마튜는 제 두 발 외에 다른 것을 볼 수가 없다. 하늘을 볼 수가 없다.

순간, 마튜의 신발에 거울을 달아볼까 생각했다. 자동차의 백미러처럼 말이다. 그럼 마튜는 거울에 비친 하늘을 볼 수 있지 않을까…….

마튜의 척주측곡이 점점 심해진다. 곧 호흡기능에 이

상을 일으킬 것이다. 이제 척추수술을 해야 할 때이다.

그래서 수술을 했다. 드디어 마튜도 몸을 펼 수 있게 되었다.

수술한 지 3일이 지났고, 마튜는 세상을 떠났다. 몸을 꼿꼿이 편 채로.

아이가 하늘을 볼 수 있도록 해주기 위해 감행한 수술…… 결국 성공을 거둔 셈이다.

내 아들은 참 귀엽습니다. 아들은 항상 웃지요. 작고 빛나는 검은 눈을 가진 아이예요. 생쥐처럼 말입니다.

아이를 잃을까 걱정을 많이 했었죠. 엄지왕자거든요. 열 살이나 되었는데도 말입니다.

아이가 태어났을 때, 아내와 저는 무척이나 놀랐답니다. 걱정도 되었고요. 담당 의사는 우리 부부를 안심시켰습니다. 이렇게 말하더군요.

"아이에게 별 문제는 없습니다. 조금만 더 기다려보시죠. 발달이 조금 늦긴 했지만, 곧 정상적으로 크게 될 것입니다."

그래서 아내와 저는 기다렸습니다. 참고 기다렸습니다. 하지만 아이가 자라지는 않더군요.

그렇게 10년이 지났습니다. 키가 자라는 정도를 보기 위해 아이가 두 살일 때 그어두었던 선은 아직도 유효하답니다.

여느 아이들과 다르다는 이유로 어떤 학교에서도 아이를 받아주지 않더군요. 그래서 아이를 집에 있도록 할 수밖에 없었습니다. 아이를 돌볼 사람을 구해야 했죠. 이런 일을 할 사람을 구한다는 것이 쉬운 일은 아닙니다. 걱정도 많고, 책임감도 더해야 하는 일이니까요. 아이가 너무 작은 나머지, 혹시라도 아이를 잃을까 겁이 나거든요.

특히 아이는 장난꾸러기입니다. 어딘가에 숨어놓고는 불러도 대답하지 않습니다. 그러니 시간을 들여 아이를 찾아야 합니다. 주머니란 주머니는 다 뒤지고, 서랍이란 서랍은 다 열어보고, 상자란 상자는 다 뒤적여봐야 합니다. 언제가 한번은 성냥갑 속에 숨은 적도 있어요.

아이를 씻기는 일도 보통 일이 아닙니다. 세면대에서 익사하는 것은 아닌지 두렵거든요. 아니면 물이 빠져나가는 곳으로 쏙 빨려들어갈까 걱정입니다. 그래도 제일 힘든 것은 아이의 손톱과 발톱을 자르는 일입니다.

아이의 몸무게를 재기 위해서는 우체국에 가야 합니다. 편지봉투 재는 저울에 달아봐야 하니까요.

얼마 전 아이는 심한 치통을 앓았습니다. 하지만 그 어떤 치과의사도 아이를 치료하려 들지 않았어요. 그래서 시계방에 가야 했습니다.

제 친구들이 아이를 볼 때면 늘 이렇게 말합니다.

"어머, 정말 많이 컸네!"

저는 친구들의 말을 믿지 않습니다. 우리 부부를 안심시키기 위해 하는 말이라는 것을 너무나 잘 알기 때문입니다.

다른 의사들에 비해 용기가 넘치는 한 의사가 언젠가 그러더군요. 우리 아이는 더 이상 크지 않을 것이라고요. 우리 부부가 받은 충격은 정말 컸습니다.

그렇게 조금씩조금씩 익숙해져갔습니다. 그러더니 이제는 장점이 보이기 시작하더군요.

항상 지니고 다닐 수 있습니다. 항상 품을 수 있습니다. 별로 크지 않으니, 주머니에 쏙 들어갑니다. 버스 요금을 낼 필요도 없습니다. 그리고 특히 정이 참 많은 아이입니다. 머리에서 이 골라내는 일을 얼마나 좋아하는지 모릅니다.

그리고 어느 날, 아이를 잃어버렸습니다.

밤이 새도록 낙엽 하나하나를 다 뒤적여보았습니다.

가을이었거든요.

그것은 꿈이었습니다.

장애아라는 이유로 아이를 잃는 것이 덜 슬프다는 생각은 말아야 한다. 정상인 아이를 잃는 것만큼이나 가슴 아픈 일이다.

단 한 번도 행복해보지 못한 아이의 죽음은 정말이지 끔찍하다. 오로지 고통을 받기 위해 이 세상에 태어난 아이의 죽음은 너무나 처량하다.

이 아이에게서 웃음이란 추억은 찾아보기 어렵다.

언젠가는 우리 셋이 다시 만날 날이 온다는구나.

서로를 알아볼 수 있을까? 너희들은 어떤 모습을 하고 있을까? 어떤 옷을 입고 있을까? 아빠는 너희들이 늘 멜빵바지 입은 모습만 기억하는데…… 어쩜 너희들은 연미복을 입고 있을지도 모르지. 아니면 천사들처럼 길게 내려오는 하얀 가운을 입고 있을까? 콧수염이 났을 수도 있고, 턱수염을 기르고 있을 수도 있겠지. 좀 있어 보이려고 말이야.

너희들 모습이 많이 바뀌었을까? 많이 컸을까?

아빠를 알아볼 수 있겠니? 그리 보기 좋은 모습이
아닐 수도 있어.

너희들에게 계속 장애를 가지고 있는지 물어볼 용
기는 아마 없을 거야……. 하늘나라에도 장애라는
것이 있니? 아마 다른 사람들과 똑같이 정상인이 되
어 있지 않을까?

우리가 남자 대 남자로 대화를 나눌 수 있을까? 중
요한 얘기를 하고, 차마 할 수 없었던 모든 얘기를 해
볼 수 있을까? 불어를 알아듣지 못하는 너희들과 요
정 말을 할 수 없는 아빠였기 때문에 말이야.

하늘나라에서는 서로 말이 통할 수 있을 거야. 그리
고 너희들의 할아버지를 만날 수도 있겠지. 너희들에
게 한 번도 얘기해보지 못한 할아버지, 너희들이 알
수 없었던 그 할아버지. 한번 보려무나. 정말 대단한
분이셔. 너희들은 할아버지를 좋아하게 될 거야. 그리
고 할아버지 덕분에 많이 웃게 될 거야.

할아버지 트레일러에 올라 동네 한바퀴 돌고 올 수
도 있겠지. 할아버지한테 술도 배우게 될 거야. 하늘

나라에서는 꿀물만 마시겠지?

할아버지는 차를 빨리 몬단다. 아주 빨리. 정말 빨리. 하지만 겁날 일이 없겠지.

더 이상 뭘 두려워하겠니. 우린 이미 죽었는걸.

형이 없어져서 토마가 외로울지도 모른다는 걱정을 한 적이 있었다. 처음에 토마는 마튜를 찾는 듯했다. 옷장 문을 열어보고, 서랍을 뒤졌다. 하지만 그것도 잠시. 토마의 놀거리, 즉 그림을 그리고 스누피를 돌보는 일에 마튜는 잊혔다. 토마는 그림을 그리고 색칠하는 것을 좋아한다. 추상화가 돋보이는 예술세계를 가진 아이다. 토마는 구상파의 단계를 거치지 않고 바로 추상화로 들어갔다. 그림을 참 많이 그리는데, 한번 그린 그림에는 다시 손을 대는 법이 없다. 토마는 늘 그림 컬렉션을 만들고, 항상 같은 제목을 붙인다. '아빠에게' 시리즈, '엄마에게' 시리즈, '여동생 마리에게' 시리즈.

그림 실력이 느는 것 같지는 않다. 폴락의 그림과 비슷한 풍이다. 강렬한 색채로 표현한다. 그리고 그림의 크기는 늘 똑같다. 예술적 열정에 취한 나머지 도화지 밖으로까지 그림을 이어가는 경우도 있다. 책상 위에 계속해서 그림을 그린다. 하다못해 나무에까지.

토마는 자신이 그린 그림을 누군가에게 선물한다. 정말 잘 그렸다고 말해주면 사뭇 좋아하는 눈치다.

아이들이 떠난 캠프에서 보내오는 엽서를 받을 때
가 있다. 대부분 바다 위의 붉은 석양이나 반짝거리는
산의 모습을 담은 엽서이다. 엽서 뒤에는 이렇게 씌어
있다.

"사랑하는 아빠, 저는 여기서 즐거운 시간을 보내
요. 아주 기분이 좋아요. 늘 아빠를 생각해요."

그리고 보내는 이는 토마라고 되어 있다.

글씨체는 참 곱고 고르다. 철자법도 틀리지 않았다.
캠프 선생님이 써준 것이다. 아마 나를 기쁘게 해주고

싶었나 보다. 선생님의 고운 마음을 백번 이해한다.

하지만 나는 이런 엽서를 받아도 기쁘지 않다.

토마가 직접 쓴 형태 없는 낙서와 읽을 수 없는 글씨가 더 좋다. 아마도 토마의 추상화가 더 많은 의미를 담고 있는지 모른다.

피에르 데프로주(Pierre Desproges, 1939~1988, 프랑스의 인기 풍자 코미디언-역주)와 함께 의료교육원으로 토마를 데리러 간 적이 있었다. 피에르는 그리 원치 않았으나, 내가 고집을 부렸다.

누군가 새로운 사람이 나타나면 늘 그렇듯, 피에르는 곧 침을 질질 흘리며 비틀비틀대는 아이들에게 둘러싸였다. 그리고 그 아이들로부터 그리 달갑지만은 않은 뽀뽀세례를 받았다. 자신을 닮은 사람들을 싫어하고, 미친듯이 달려드는 자신의 팬들 앞에서 늘 점잖

왔던 피에르는 넓은 마음으로 아이들을 받아주었다.

피에르는 교육원 방문 후 큰 감동을 받은 모양이었다. 다시 또 가고 싶어했다. 스무 살이 넘어서도 인형을 빨며 다니는 아이들이 다가와 손을 잡아주는 이상한 세계, 가위를 들고와 두 동강을 내주겠다며 위협하는 아리송한 이 세계에 푹 빠져든 것이다.

부조리함을 사랑했던 피에르가 물을 만났다.

마튜와 토마를 떠올릴 때면, 들쭉날쭉 얼이 빠진 작은 새 두 마리가 생각난다. 독수리도 아니요, 공작새도 아니다. 그저 평범한 새. 참새를 닮았다.

　아이들의 감색 외투 아래로 앙상한 방울새의 다리가 보인다. 아이들을 씻길 때 보았던, 깃털이 나지 않은 아기새와도 닮은 투명하고 보랏빛을 띠는 피부를 기억한다. 그리고 아이들의 툭 튀어나온 새가슴, 갈비뼈가 촘촘히 박혀 있던 그 가슴을 나는 기억한다.

　우리 아이들에게는 날개만 없을 뿐이었다.

안타깝다.

자신들을 위해 만들어지지 않은 이 세상으로부터 훨훨 날아갈 수 있었을 텐데.

더 빨리 날아갈 수 있었을 텐데. 더 빨리…….

지금까지 나는 내 아들들에 대한 얘기를 해본 적이 없다. 왜 그랬을까? 창피했던가? 사람들이 날 불쌍하게 여기는 것이 싫었나?

이 모든 이유가 다 뒤섞여 있었다. 특히 나는 이런 질문을 받을까 겁이 났다.

"두 아드님은 지금 무슨 일을 하고 있지요?"

그럼 나는 지어내서 말했을 것이다.

"토마는 미국 메사추세츠에 살고 있습니다. 테크놀로지 연구원에 있지요. 분자가속기를 연구하고 있습

니다. 그곳 생활에 아주 만족하고 있어요. 마릴린이라
는 미국 여자친구도 있답니다. 정말 예쁜 친구지요.
토마는 아마 미국에 정착할 것 같습니다."

"아드님과 멀리 떨어져 있는 것이 힘들지는 않은가
요?"

"미국이 그리 먼 곳은 아니지 않습니까. 그리고 중
요한 것은 아이의 행복이지요. 자주 연락하는 편입니
다. 토마는 일주일에 한 번씩 제 엄마한테 전화를 걸
어요. 반면, 시드니의 건축회사에서 인턴사원으로 있
는 마튜는 더 이상 연락이 없습니다……."

물론 진실을 말할 수도 있을 것이다.

"제 아들들이 뭘 하는지 정말 알고 싶으세요? 마튜
는 아무 일도 하지 않습니다. 이 세상에 없거든요. 몰
랐던 일이니 저에게 미안한 마음을 가지실 필요는 없
습니다. 장애아를 잃는다는 것은 쉽게 눈에 띄는 일이
아니죠. 차라리 잘 됐다는 말까지 합니다……. 토마
는 아직 살아 있어요. 의료교육원 복도 어딘가를 배회
하고 있을 겁니다. 오래된 인형을 질겅질겅 씹어대면

서요. 토마는 알 수 없는 고함을 지르면서 자신의 손
과 대화를 나눠요."

"토마도 많이 크지 않았나요? 몇 살이죠?"

"아니요, 토마는 아주 작아요. 나이는 들었지만 크
지는 않아요. 더 이상 크는 일도 없을 거예요. 머리에
지푸라기만 든 아이들은 클 일이 없죠."

어렸을 적 나는 눈에 띄기 위해서라면 별 이상한 짓을 다 했다. 여섯 살 때는 생선가게 진열대에서 청어 한 마리를 훔친 적이 있었다. 왜 훔쳤느냐…… 여자애들을 쫓아가서 다리에 생선을 문지르기 위해서였다.

중학교 시절에는 바이런을 닮아 로맨틱한 척한답시고, 평범한 넥타이 대신에 나비넥타이를 매곤 했다. 성화상 파괴주의 일원이 된답시고, 성모상을 화장실에 갖다놓은 적도 있었다.

옷을 사러 가게에 갈 때는 어떤가. 만일 점원이 '요

즘 잘 나가는 상품이에요. 어제도 열 벌이나 팔았거든요.' 라고 말을 한다면, 난 그 옷을 사지 않는다. 남들이 하는 대로 따라하기가 싫었기 때문이다.

방송국에서 일하기 시작했을 때 내가 맡았던 일은 그리 중요하지 않은 장면을 녹화하는 것이었다. 난 식상하지 않고 특별한 장소에서 녹화를 하려 늘 노력했다. 재미있었다.

화가 에두아르 피뇽의 다큐멘터리를 찍을 때 생긴 에피소드 하나가 기억난다. 피뇽이 올리브나무둥치를 그리고 있을 때, 한 꼬마아이가 그 옆을 지나갔다. 아이는 피뇽의 그림을 가만 보더니 이렇게 말했다.

"무슨 그림이 이래? 뭘 그렸는지 하나도 모르겠어요!"

그러자 피뇽이 대답했다.

"지금 네가 최고의 찬사를 해주었구나. 뭘 했는지 모르는, 그 어떤 것도 닮지 않은 것! 그런 것을 만들어낸다는 건 정말 어려운 일이란다."

내 아이들은 그 누구도 닮지 않았다. 남들과 다르실 원했던 나…… 기뻐해야 할 일이 아닌가.

어느 시대든, 어느 도시든, 어느 학교든, 교실 구석 (대부분 라디에이터 바로 옆)에 멍한 표정으로 앉아 있는 아이가 있다. 늘 있었고, 앞으로도 늘 있을 것이다. 그 아이가 자리에서 일어나 질문에 대답을 하려 입을 열 때마다 교실 전체가 웃음바다가 될 것이라는 사실은 너무나 명백하다. 그 아이는 늘 말도 안 되는 소리를 해댄다. 왜냐하면 질문을 이해하지 못했기 때문이다. 아니, 결코 이해할 수 없을 것이다. 그러면 사디즘에 살짝 빠진 여선생이 아이들을 웃기려는지 더

다그친다. 분위기를 돋운다. 시청률을 높인다.

박장대소를 하는 아이들 사이에 서 있는 멍한 표정의 아이는 사람들을 웃기고 싶은 마음이 없다. 일부러 그런 것이 아니었다. 오히려 그 반대이다. 멍한 표정의 아이는 사람들을 웃기고 싶지가 않다. 선생님의 설명을 이해하고, 또 그것을 응용할 줄 알았으면 좋겠다. 하지만 노력을 해도 소용이 없는지, 멍한 표정의 아이는 바보 같은 소리만 계속 해댄다. 아이는 전혀 이해라는 것을 할 수 없기 때문이다.

어릴 적 나는 그런 바보를 보고 제일 먼저 웃음을 터뜨리는 아이였다. 그러나 지금은 멍한 표정의 아이가 애틋하기만 하다. 내 아이들 생각이 나기 때문이다.

다행히도 내 아이들이 학교에서 놀림당할 일은 없을 것이다. 아예 학교는 근처에도 가지 못할 테니까.

난 '핸디캡'이라는 단어가 싫다. 영어에서 온 단어이다. 모자에 손을 대고 있다는 뜻이다.

'비정상'이라는 단어도 싫다. 특히 아이에게 붙어 쓰일 때는 더욱 그러하다.

정상적이라는 것이 무슨 뜻인가? 당연히 그래야 하는 상황에 있다는 뜻, 꼭 그래야 하는 상황에 있다는 뜻이다. 다시 말해 평균 안에 들어야 한다는 말이다. 나는 평균 안에 드는 것을 그리 좋아하지 않는다. 평균에 들지 않는 사람이 더 좋다. 아니면 평균보다 높은 것이 낫다. 평균보다 낮으면 또 어떤가. 어쨌든 남들과 같은 것은 싫다. 나는 '남들과는 다른'이라는 표현을 좋아한다. 왜냐하면 그 남들을 늘 좋아하는 것이 아니기 때문이다.

남들과 다르다는 것, 이것이 꼭 남들보다 못하다는 뜻은 아니다. 그저 남들과 다를 뿐이다.

여느 새들과는 다른 새. 무슨 뜻인가? 고소공포증이 있는 새일 수도 있고, 모차르트의 플루트 연주를 악보도 없이 휘파람으로 연주하는 새일 수도 있다.

여느 젖소들과는 다른 젖소는 전화를 걸 줄 아는 젖소를 뜻할 수도 있다.

내 아이들에 대해 말을 할 때 나는 '여느 아이들과는 다르다'라는 표현을 쓴다. 궁금증을 일으키는 말이다.

아인슈타인, 모차르트, 미켈란젤로. 이들은 모두 남들과 달랐다.

만일 너희들이 남들과 같았다면, 나는 아마 너희들과 함께 미술관에 갔을 거야. 우리는 함께 램브란트, 모네, 터너의 작품을 감상하겠지. 그리고 또다시 램브란트…….

만일 너희들이 남들과 같았다면, 나는 아마 너희들에게 클래식음반을 선사했겠지. 우리는 우선 모차르트의 음악을 감상할 거야. 그리고 베토벤, 그리고 바흐, 그리고 또다시 모차르트.

만일 너희들이 남들과 같았다면, 나는 아마 너희들

에게 수많은 책을 선사했겠지. 프레베르, 마르셀 에메, 크노, 이오네스코, 그리고 또다시 프레베르.

만일 너희들이 남들과 같았다면, 나는 너희를 데리고 영화관에 갔을 거야. 그리고 함께 오래된 영화를 보는 거야. 채플린, 아인슈타인, 히치콕, 브뉘엘, 그리고 또다시 채플린.

만일 너희들이 남들과 같았다면, 나는 너희와 함께 고급 레스토랑에 갔을 거야. 우리는 함께 상볼-뮈지니를 마셨겠지. 그리고 또다시 상볼-뮈지니.

만일 너희들이 남들과 같았다면, 나는 너희와 함께 테니스를 치고, 농구를 하고, 또 배구 경기를 했을 거야.

만일 너희들이 남들과 같았다면, 나는 너희와 함께 고딕 성당의 종탑에 올라갔을 거야. 그리고 우리는 함께 조감을 느껴봤겠지.

만일 너희들이 남들과 같았다면, 나는 너희에게 유행하는 옷을 선물했을 거야. 너희들이 최고로 멋져 보이게 하기 위해서 말이야.

만일 너희들이 남들과 같았다면, 나는 너희 둘과 약혼녀들을 오픈카 태우고 무도회로 데려갔을 거야.

만일 너희들이 남들과 같았다면, 나는 조용히 너희에게 좋은 공연표를 건넸겠지. 그러면 너희는 그것을 약혼녀에게 선사하는 거야.

만일 너희들이 남들과 같았다면, 우리는 함께 너희의 결혼 피로연을 즐겼겠지.

만일 너희들이 남들과 같았다면, 나는 손자들을 봤겠지.

만일 너희들이 남들과 같았다면, 나는 아마 미래를 덜 두려워했을 거야.

하지만 너희들이 남들과 같았다면, 너희들은 남들과 다를 바가 없었을 거야.

아마 학교는 땡땡이를 쳤을지 몰라.

잘못된 길로 빠져들어 비행청소년이 되었을지 몰라.

더 큰 소음을 내기 위해 오토바이 배기관을 바꿨을지 모르지.

백수가 되었을지도 몰라.

장-미셸 자르를 좋아했을지도 모르고 말이야.

짜증나는 여편네랑 결혼을 했을지도 몰라.

그리고 이혼을 할지도 모르지.

장애아를 둘지 또 누가 아니?

다행이야. 이런 일을 모두 피해갈 수 있어서.

고양이 불임수술을 시켰다. 수술을 한다는 말도 해주지 않았고, 고양이의 의견을 묻지도 않았다. 수술을 하면 어떤 점이 좋고, 또 어떤 점이 나쁜지 설명해주지도 않았다. 그저 편도선을 잘라낸다고만 말해주었다. 수술 이후 고양이는 나를 미워하는 것 같다. 미안해서 직접 눈을 쳐다보지도 못한다. 괜한 짓을 했나 하는 후회도 든다.

장애인들에게 불임수술을 시키려 했던 시대를 생각해보았다. 이 사회여, 걱정하지 말지어다. 내 아이들은 아기를 가질 일이 없을 테니까! 나에게는 손자가 없을 것이다. 내 늙은 손 안에서 꼬물거리는 작은 고사리손을 잡고 산책을 나갈 일도 없을 것이다. 해는 지고 나면 어디로 가느냐고 물을 아이도 없을 것이다. 아무도 나에게 할아버지라고 부르지 않을 것이다. 내가 속도를 내지 않는다는 이유로 차 뒤에서 깐족대는 젊은 양아치들을 빼면 말이다. 나의 대를 이어갈 아이가 없을 것이다. 모든 것이 여기서 끝이 난다. 하지만 이러는 편이 훨씬 낫다.

부모들은 정상적인 아이만 낳아야 한다. 이렇게 태어난 아이들은 모두 예쁜 아기 선발대회 같은 곳에서 대상을 받을 것이다. 그리고 시간이 지나 학교에 들어가면 늘 1등을 할 것이다. 장애아는 일체 금지되어야 한다.

우리집의 작은 새 두 마리에게는 별 문제가 없을 것이다. 달리 걱정할 일도 없다. 다슬기만큼이나 작은 녀석들의 고추로 사고를 쳐봤자지…….

미국차 카마로 중고를 한 대 구입했다. 겉은 짙은 녹색이고, 안은 하얀색이다. 조금은 허세를 부리는 듯한 그런 스타일이다.

그해 우리 가족은 포르투갈로 휴가를 떠났다.

토마도 우리와 함께 했다. 토마가 바다를 보는 것이다. 우리는 투르 근처에 있는 의료교육원 '라 수르스'에 들러 토마를 데려갔다.

카마로가 길 위로 조용히 미끄러져갔다.

스페인에서 하룻밤을 보낸 우리는 여행 목적지인

사그레스에 도착했다. 호텔은 하얀색이고 하늘은 푸른색이다. 바다 위로 내린 빛은 아프리카에서처럼 강렬했다.

목적지에 도착하니 기분이 좋다. 우리는 토마가 차에서 내리도록 도와주었다. 녀석도 기분이 좋은 모양이다. 호텔을 보더니 박수를 치며 소리 지른다.

"라 수르스! 라 수르스!"

의료교육원에 돌아온 줄 아는가 보다. 햇빛 때문에 눈이 부셨나, 아니면 토마가 하는 개그인가. 분명 우리를 웃기려고 하는 소리일 것이다.

호텔은 잔뜩 사치를 부려놓은 것 같다. 직원들의 유니폼은 자주색이고, 금색 단추가 달려 있다. 이들은 모두 이름표를 달고 있다. 우리 일행을 맡은 직원의 이름은 빅토르 위고이다. 토마는 만나는 모두에게 뽀뽀를 하고 싶어한다.

토마는 왕자님 같은 대접을 받는다. 단, 음식을 가져온 웨이터가 테이블 위에 있던 장식용 접시를 치우는 것이 영 마음에 걸리는 모양이다. 웨이터 때문에 토마는 잔뜩 화가 났다. 접시를 치우지 못하도록 꼭 붙들고 놓지 않는다. 토마가 소리친다.

"안 돼! 접시는 안 돼! 접시는 안 돼!"

 접시를 치워가면 아무것도 못 먹을 것이라고 생각하는 모양이다.

토마는 바다를 무서워한다. 토마는 파도 소리를 무서워한다. 나는 토마가 바다에 익숙해질 수 있도록 노력해보았다. 토마를 안고 바닷속을 걸었다. 잔뜩 겁을 먹은 토마는 나에게 바싹 안겼다. 두려움에 떨던 토마의 모습을 잊지 못할 것이다. 그러던 어느 날, 녀석은 드디어 바다라는 고통으로부터 벗어날 꾀를 찾아내었다. 아이를 바다 밖으로 데리고 나갈 수밖에 없는 상황을 만들어낸 것이다. 토마는 비극적인 표정을 지으며 소리쳤다.

"똥! 똥!"

정말 위급한 상황이구나 싶었던 우리는 토마를 얼른 바다 밖으로 데리고 나갔다.

나는 곧 진짜 위급한 상황이 아니었다는 것을 깨달았

다. 진정한 감동의 물결이었다. 토마가 심각한 바보는 아니구나! 토마에게도 재치라는 것이 존재하는구나!

우리 토마가 거짓말도 할 줄 아는 것이다.

마튜와 토마는 현금카드를 가져볼 수 없을 것이다. 흔히 지갑 속에 넣어두는 주차장 티켓도 아이들에게는 생소한 일일 것이다. 아니, 지갑을 가질 일이 없을 것이다. 아이들이 가질 수 있는 유일한 카드는 장애인 증명카드.

장애인 증명서는 주황색이다. 밝은 느낌을 주기 위한 것이다. 카드 안에는 녹색 글씨로 '기립장애'라고 씌어 있다.

카드는 파리 경찰국으로부터 발급받은 것이다.

아이들의 장애 정도는 80%이다.

혹시라도 아이들의 상태가 좋아질 것이라는 생각은 하지도 않았는지, 애들의 장애인 카드에는 유효기간조차 없다.

카드에는 아이들 사진이 붙어 있다. 일그러진 얼굴, 그리고 멍한 시선…… 도대체 무슨 생각을 하고 있는 것일까?

난 아직도 이 카드를 사용한다. 특히 불법주차를 할 때 차 앞유리에 놓아둔다. 아이들 덕분에 불법주차 스티커를 피해갈 수 있다.

마튜와 토마는 이력서라는 것을 가져보지 못할 것이다. 아이들이 무슨 일을 했는가? 아무것도 하지 않았다. 잘된 일이다. 우리 아이들은 '이것 해라, 저것 해라' 하는 소리를 듣지 않아도 될 테니까 말이다.

아이들의 이력서는 무슨 말로 채울 것인가? 비정상적인 어린시절, 의료교육원 영구회원. 첫 번째 교육원 이름은 원천이란 뜻을 가진 '라 수르스', 두 번째 교육원 이름은 삼나무라는 뜻의 '라 세드르'. 이름이 참 곱기도 하다.

내 아이들은 전과자가 되는 일도 없을 것이다. 토마와 마튜는 너무나 순수한 아이들이다. 나쁜 일이라고는 해본 적이 없다. 나쁜 일이 뭔지 알지도 못할 아이들이다.

겨울이 되어 모자를 푹 눌러쓴 아이들을 보며, 강도로 돌변해 은행을 터는 모습을 상상해본다. 절도라고는 찾아볼 수 없는 몸짓과 벌벌 떠는 두 손을 가진 아이들. 그리 위험할 리가 없다.

경찰은 식은 죽 먹기로 아이들을 체포할 수 있으리라. 아이들은 도망칠 생각도 하지 않을 것이다. 아이들은 달리기를 하지 못한다.

나는 왜 아이들이 그토록 무거운 벌을 감수해야 했는지 결코 이해할 수 없을 것이다. 너무나 불공평한 처사이다. 내 아이들은 아무 죄도 없다.

심각한 재판오류와도 같다.

피에르 데프로주는 잊을 수 없는 그의 공연 중에 어버이날 자신이 받은 터무니없는 선물과 그 선물을 준 아이들을 나무란 적이 있었다.

나는 그럴 일이 없다. 아무것도 받아보지 못했기 때문이다. 선물도 없고, 감사의 말도 없다. 아무것도 없다.

하지만 나는 요구르트 병을 가지고 마튜가 만든 알 수 없는 물건을 선물로 받기 위해서라면 무엇이든 할 수 있을 것이다. 마튜는 빈 요구르트 통에 보라색 사인펜으로 그림을 그릴 것이다. 그리고 금박 종이를 직접 오려 별 모양을 만들어 붙일 것이다.

토마가 힘들게 완성한 어버이날 감사카드를 받을 수만 있다면, 나는 무엇이든 할 준비가 되어 있다. 토마는 카드에 이렇게 쓸 것이다.

'아빠르 마니 조아해.'

뚱딴지같은 괴상한 모양의 재떨이를 어버이날 선물로 받을 수만 있다면, 난 무엇이든지 할 수 있으리라. 마튜가 찰흙을 빚어 정성껏 만들고, 또 그 위에 '아빠'라고 새겨놓은 그런 재떨이 말이다.

하지만 내 아이들은 여느 아이들과 다르다. 그러니 다른 아이들이 하는 것과는 다른 그런 선물을 할 수 있었을 것이다. 어버이날 선물로 돌멩이를 받을 수만 있다면, 마른 낙엽을 선물받을 수만 있다면, 똥파리를 선물받을 수만 있다면, 밤 한 톨을 선물받을 수만 있다면, 무당벌레를 선물받을 수만 있다면…… 난 무슨 일이든 서슴지 않으리라.

내 아이들은 다른 아이들과 다르다. 그러니 다른 아이들의 그림과는 또 다른 그런 그림을 선물할 수 있었

을 것이다. 뒤뷔페 스타일의 알 수 없는 낙타 그림을
어버이날 선물로 받을 수만 있다면, 피카소 풍의 말
그림을 선물받을 수만 있다면…… 난 무슨 일이든
서슴지 않으리라.

하지만 아이들은 나에게 아무것도 선물하지 않았다.

일부러 주기 싫어서 그런 것이 아니다. 선물을 할
생각이 없었던 것도 아니다. 아니, 나에게 선물을 하
고 싶어했을 것이다. 다만 그러지 못했을 뿐. 덜덜 떨
리는 아이들의 손 때문에, 선명하게 보지 못하는 아이
들의 눈 때문에, 그리고 아이들 머릿속을 가득 채우고
있는 지푸라기 때문에 그런 것일 뿐이다.

사랑하는 아빠에게

어버이날을 맞아 아빠에게 편지를 쓰고 싶었어요.
자, 이것이 우리의 편지랍니다.

아빠가 한 일에 대해 잘했다는 말은 하지 않겠어요.
우리를 보세요. 다른 아이들처럼 정상적인 아이를 만
드는 것이 그토록 힘든 일이던가요? 정상적인 아이들
이 매일 태어나는 것을 생각해보면, 그것도 수많은 아
이들이 태어나는 걸 생각해보면, 그리고 그 아이들의

부모를 보면, 별로 어려운 일은 아니지 않았나 싶어요.

천재로 낳아달라는 부탁을 한 것도 아니잖아요. 그저 정상적인 아이로 낳아주길 바랐을 뿐이에요. 그렇게 원하시더니, 남들과 다른 일을 해내고야 마셨군요. 아빠는 성공을 한 거예요. 반면 우리는 큰 실패를 맛본 것이지요. 장애인으로 살아간다는 것이 쉬운 줄 아세요? 물론 특혜가 없는 것은 아니에요. 학교에 가지 않아도 됐지요, 숙제를 하지 않아도 됐어요. 공부를 할 필요도, 시험을 볼 필요도, 벌을 받을 필요도 없었어요. 하지만 반대로 칭찬을 받을 일도 없었지요. 우린 많은 것을 놓쳤어요.

마튜 형은 축구를 하고 싶어했을지 몰라요. 하지만 튼튼하고 우람한 아이들 사이에 낀 약해 빠진 형을 상상이나 할 수 있나요? 아마 살아서 돌아오지 못했을 거예요.

난, 아빠…… 생물 분야의 연구원이 되고 싶었어요. 하지만 지푸라기만 가득 든 제 머리로는 어림도 없는 일이죠.

다른 장애인들과 살아가는 것이 그리 쉬운 줄 아세요? 정말 참기 힘든 그런 장애아들도 많아요. 하도 소리를 질러서 잠을 잘 수 없게 만들죠. 그리고 툭하면 물어대는 나쁜 애들도 있어요.

그렇다고 해서 우리가 가슴에 담아두고 원한을 갖는 그런 아이들은 아니에요. 아무리 그래도 우리는 아빠를 사랑해요. 그리고 어버이날을 축하드려요.

이 편지 뒤에는 제가 그림을 그려놓았어요. 그림을 그릴 줄 모르는 마튜 형은 아빠에게 부드러운 입맞춤을 남겨요.

남들과는 다른 아이, 이것은 프랑스만의 전공분야가 아니다. 이런 아이들도 여러 버전이 있는 법.

　토마와 마튜가 다니는 의료교육원에는 캄보디아에서 온 아이가 있다. 아이의 부모는 불어를 잘 하지 못한다. 그러니 교육원 원장과 만나는 일이 보통 어려운 일이 아니다. 대단한 모험이다. 원장과의 면담을 끝내고 나온 아이의 부모는 분하기만 하다. 원장의 진단 결과를 인정하지 않으려 한다.

　부모는 말한다.

"우리 아이는 몽고 아이가 아니에요! 우리 아이는 캄보디아 아이예요!"

유전적이라는 말을 하면 안 된다. 이 말은 불행을 가져온다.

내가 유전을 생각한 것이 아니다. 유전자가 나를 생각한 것이다.

울퉁불퉁 찌그러진 아이들의 모습을 본다. 내 아이들이 다른 아이들과 같지 않다는 것이 내 잘못은 아니길.

아이들이 말을 하지 못하는 이유는, 아이들이 글을 쓰지 못하는 이유는, 아이들이 100까지 세지 못하는 이유는, 아이들이 자전거를 탈 줄 모르는 이유는, 아이들이 수영을 할 줄 모르는 이유는, 아이들이 피아노를 칠 줄 모르는 이유는, 아이들이 신발끈을 묶을 줄 모르는 이유는, 아이들이 고둥을 빼먹지 못하는 이유는, 아이들이 컴퓨터를 다룰 줄 모르는 이유는, 내가 아이들을 잘못 키웠기 때문은 아닐 것이다. 아이들의 환경 때문은 아닐 것이다…….

내 아이들을 보라. 아이들이 발을 저는 것은, 아이들이 곱추인 것은…… 내 탓이 아니다. 재수가 없는 탓이다.

아마도 유전자 때문일까? 유전자라는 단어는 재수가 없다는 것을 뜻하는 학술용어인가?

내 딸 마리가 학교 친구들에게 말했다고 한다. 장애인 오빠가 둘이나 된다고 말이다. 친구들은 마리의 말을 믿으려 하지 않았다. 마리가 거짓말을 하는 것이라고 했다. 마리가 잘난 척하느라 그랬다고 한다. 자랑하느라 그런 말을 했다고 한다.

누워 있는 아기를 보며 엄마들이 이런 소리를 하곤 한다.

"아기가 크지 않고 늘 이대로 있었으면 좋겠어요."

장애아를 가진 엄마들은 운이 좋다. 오래오래 인형놀이를 할 수 있기 때문이다.

하지만 이 인형의 몸무게가 30킬로가 넘는 날이 오고야 만다. 인형은 말을 잘 듣지도 않는다.

아빠들은 아이가 더 커야 관심을 갖는다. 궁금증이 많아지고, 또 질문을 많이 하기 시작하면 그때 관심을 갖는다.

난 이런 때가 오기를 기다렸다. 하지만 헛수고였다. 질문이라고는 딱 하나밖에 없다.

"아빠 어디 가?"

우리가 아이에게 해줄 수 있는 가장 멋진 선물은 아이의 궁금증에 대답을 해주는 것이다. 아름다운 것을 맛볼 수 있도록 도와주는 것이다. 하지만 마튜와 토마의 아빠에게는 이런 행운이 찾아오지 않았다.

초등학교 선생님이 되었으면 좋겠다. 아이들에게 많은 것을 가르쳐주고 싶다. 아주 재미있게 말이다.

아이들을 대상으로 한 애니메이션 영화를 만든 적이 있었다. 하지만 정작 내 아들들은 그 영화를 보지 못했다. 아이들을 대상으로 한 책을 몇 권 썼다. 하지만 정작 내 아들들은 그 책을 읽지 못했다.

아이들이 나를 자랑스러워했으면 좋겠다. 그래서 학교 친구들에게 '우리 아빠가 너희 아빠보다 훨씬 좋아!' 라고 말했으면 좋겠다.

아이들이 아빠에 대해 자랑스러운 마음을 갖고 싶

어한다면, 아빠들은 아마 스스로 자격이 된다고 안심하기 위해 자신을 존경해주는 아이를 갖고 싶어하는지도 모른다.

밤 방송과 아침 방송 사이에 화면조정 시간이 있었던 때가 기억난다. 마튜와 토마는 몇 시간 동안이나 그 화면을 쳐다보곤 했다. 토마는 텔레비전을 무척 좋아한다. 텔레비전에 나온 나를 본 이후로 더욱 그렇다. 앞이 잘 보이지 않는 아이였지만, 작은 화면을 통해 여러 사람 사이에 섞여 있던 나를 알아본 것이다. 나를 본 토마가 소리쳤다.

"아빠!"

방송이 끝나도 토마는 자리를 뜨려 하지 않았다. 밥

을 먹을 시간이었는데도 말이다. 계속해서 텔레비전 앞에 앉아 있겠다고 했다. 토마는 계속해서 소리를 질렀다.

"아빠! 아빠!"

아마 내가 다시 나올 줄 알았나 보다.

아이에게 있어 나란 존재는 별것이 아니라고 생각했다면, 아이가 나 없이도 잘 살아갈 것이라 생각했다면, 그것은 아마 나의 착각이었는지 모른다. 마음이 따뜻해짐과 동시에 죄책감이 느껴진다. 이 아이와 어떻게 계속 살아갈까 싶다. 스누피 인형을 구경하러 매일 마트에 가야 한다고 생각하니 끔찍하다.

토마는 곧 열네 살이 된다. 난 그 나이에 중학교 입학시험에 합격했었다.

토마를 가만히 지켜본다. 토마에게서 내 모습을 찾
아내기가 어렵다. 우리 부자는 닮지 않았다. 아마 그
런 편이 나을지도 모른다. 누구에게 더 좋은 것인지
말하지는 않겠다. 도대체 왜 자식을 낳으려 했는가?

자만심에서 나온 행동인가? 내 자신을 너무 자랑스
러워한 나머지, 이 지구상에 몇몇의 또 다른 '나'를
남겨놓고 싶었는가?

완전한 죽음을 맞고 싶지 않았던 것일까? 무슨 흔적
이라도 남기고 싶었던 것일까? 그래서 누군가가 내

흔적을 따라와주길 바랐던 것일까?

뭔가 흔적을 남겼다는 기분이 들 때가 있다. 하지만 그 흔적이라는 것은 깨끗하게 닦아놓은 바닥에 흙 묻은 발로 남겨놓은 발자국 같은 것이다. 그래서 혼이 나는 그런 흔적이다.

토마를 바라보거나 멀리 간 마튜를 생각할 때면, 과연 아이들을 만들어낸 것이 잘한 일인가 하는 생각이 들 때가 있다.

아마 아이들에게 물어야 하지 않을까.

하지만 아이들이 느꼈던 작은 기쁨, 스누피 인형, 따뜻한 목욕물, 고양이의 부드러운 몸짓, 햇살, 공, 마트 산책, 타인의 미소, 장난감 자동차, 감자튀김……이 모든 것이 있어 아이들의 삶도 살아볼 만한 것이었다면…… 하고 바라본다.

하얀색 비둘기가 기억난다. 의료교육원의 수작업실에 살던 하얀 비둘기. 말이 그렇지 수작업실이란 곳은 교육원 아이들이 종이에 치덕치덕 물감을 묻혀대거나, 알 수 없는 그림을 그려보는 그런 장소이다. 어떤 아이들은 관심 없이 뚱했고, 어떤 아이들은 이유 없이 즐거워했다.

그러다 가끔 비둘기가 날아오르면, 아이들은 감탄에 가득 찬 눈빛으로 박수를 쳐대곤 했다. 가끔 비둘기에게서 깃털 하나가 떨어져나올 때가 있다. 그 깃털은 지그재그 모양을 하며 한들한들 땅으로 내려온다. 그럼 또 지그재그 깃털을 따라 지그재그 눈길을 보내는 아이가 있다. 평화의 상징인 비둘기 덕분인지, 아이들의 공작실에는 평화가 깃들어 있다. 하얀 비둘기는 가끔 책상에 내려와 앉는다. 어떨 때는 한 아이의 어깨 위에 앉는 경우도 있다. 그럴 땐 피카소의 그림 '어린이와 비둘기'가 생각난다. 어떤 아이는 비둘기를 무서워하고, 어떤 아이는 비둘기가 싫어 비명을 지른다. 하지만 비둘기라는 것은 정말 잘 만들어진 작품이다. 토마는 비둘기를 쫓아가며 소리친다. '아기 꼬꼬댁!' 비둘기를 잡고 싶은 모양이다. 깃털을 빼려는 것일까?

동물의 세계와 인간의 세계가 이토록 멋진 조화를 이룬 적이 없다. '새대가리들' 끼리는 뭔가 통해도 통하는 모양이다. 수작업실 어딘가에 생 프랑스와 다시즈가 있다. 어딘가에 지오토도 있다. 수많은 새들을 그려놓은 그들의 작품과 함께.

순수한 아이들의 손이 엉망이다. 온통 물감 범벅이다.

토마는 이제 열여덟 살이다. 정말 많이도 컸다. 하지만 몸을 제대로 가누기가 힘이 든다. 의료용 코르셋도 소용이 없다. 이제 토마에게도 법적 후견인이 필요하다. 그 후견인으로 내가 뽑혔다.

후견인은 정신 똑바로 차리고 살아야 한다. 두 발을 단단히 땅에 고정시켜야 한다. 강해야 하고, 무너지면 안 된다. 모진 바람에 견딜 줄 알아야 하고, 폭풍이 몰아쳐도 똑바로 서 있을 줄 알아야 한다.

그런 후견인이 나라니. 웃기지도 않는다.

이제 토마의 돈은 내가 관리한다. 토마의 이름으로 된 백지수표도 내가 사인을 해야 한다. 토마는 돈 따위에는 관심조차 없다. 돈이 뭔지도 모르는 아이다. 포르투갈 어느 식당에서 있었던 일이 생각난다. 토마가 내 지갑에서 돈을 꺼내 사람들에게 모두 나눠준 것이다. 만일 내가 토마에게 의견을 묻는다면, 그리고 내 질문에 아이가 대답할 수만 있다면, 분명 토마는 이렇게 말을 할 것이다.

"그러죠, 뭐! 쓰라고 있는 돈 아니에요? 신나게 씁시다. 내가 받은 장애인 복지금은 다 탕진해버리는 거예요!"

토마는 구두쇠가 아니다. 토마의 돈으로 멋진 오픈카를 살 것이다. 토마와 나는 오래된 두 날라리 친구처럼 파티를 하러 갈 것이다. 영화에서처럼, 우리 둘은 남쪽 해변가로 갈 것이다. 번쩍번쩍 샹들리에가 화려한 고급 호텔에 묵고, 좋은 레스토랑에서 식사를 할 것이다. 샴페인을 마시면서 많은 얘기를 나눌 것이다. 차 얘기를 하고, 책 얘기를 하고, 음악 얘기를 하고,

영화 얘기를 하고, 여자들 얘기를 하고…….

밤이 되면 해변을 거닐 것이다. 아무도 없는 그런 바닷가. 까만색 바다로 보이는 야광 물고기들의 움직임을 가만히 관찰할 것이다. 인생에 대해, 죽음에 대해, 그리고 신에 대해 논하리라. 별을 바라보고, 언덕 위로 흔들리는 불빛을 볼 것이다. 서로 의견이 달라 말다툼을 하기도 할 것이다. 토마는 나를 구식 늙은이 취급을 할 것이요, 나는 녀석에게 이렇게 말할 것이다.

"그래도 네 아비다. 조금은 존중해야 하는 것 아니니?"

그럼 토마는 이렇게 대답할 것이다.

"뭘 잘한 게 있다고 존중씩이나!"

장애인에게도 투표권은 있다.

토마도 이제 성인이니 투표를 할 수 있다. 나는 토마가 충분히 고민했으리라 믿어 의심치 않는다. 찬반을 심각하게 고려해봤으리라 믿어 의심치 않는다. 후보들의 공약이며 그들의 경제분야 신뢰도를 세심하게 들여다봤으리라 믿어 의심치 않는다. 각 정당의 수뇌부 명단을 만들어봤으리라 믿어 의심치 않는다.

하지만 토마는 아직도 망설이고 있다. 최후의 선택을 하지 못하고 있다. 스누피냐 야옹이냐!

잠시 침묵이 흘렀고, 누군가가 갑자기 물었다.

"아드님들은 안녕하신지요?"

몇 년 전에 한 놈이 세상을 떠났다는 사실을 모르는 모양이다.

다시 대화는 지루해진다. 그 사람은 또 한 번 침묵이 찾아올까 걱정이다. 식사가 끝났고, 다들 요즘 살아가는 얘기를 시작했다. 다시 분위기를 살려야 한다. 식사 초대를 한 장본인이 나서더니 말했다. 뭐 대단한 농담거리라도 되는 듯이 말이다.

"여러분 알고 계셨어요? 장-루이의 아들들은 장애 아예요."

말이 끝나자 다시 침묵. 그리고 사실을 몰랐던 사람들이 놀라기도 하고, 궁금하기도 하고, 또 동정심마저 생겨 웅성거리기 시작한다. 꽤 괜찮은 여인 하나가 슬픈 미소를 지으며 나를 쳐다본다. 눈가가 촉촉한 것이 그뢰즈의 그림을 닮았다.

내가 살아가는 이야기? 요즘 나 사는 이야기는 장애를 가진 아들 이야기다, 왜? 하지만 이런 이야기를 하고 싶지 않을 때도 있잖아!

 초대받은 집 주인이 원했던 것은 바로 내가 나서서 사람들을 웃기는 것이었다. 무척 어려운 임무였다. 하지만 난 최선을 다했다.

나는 의료교육원에서 보낸 작년 성탄 얘기를 해줬다. 아이들이 크리스마스트리를 무너뜨렸고, 캐럴 합창에서는 각자 다른 노래를 불렀으며, 바닥에 떨어진 트리에는 불이 붙고, 영화를 상영하던 프로젝터와 준비해온 생크림 케이크가 땅에 떨어졌으며, 어느 몰상

식한 아빠가 선물한 쇠공놀이 페탕크 공을 아이가 하
도 던져대는 바람에 모든 부모들이 식탁 밑에 엎드려
숨었던 그런 이야기. 그리고 이 모든 에피소드의 백뮤
직으로는 '구세주 탄생하셨네……'라는 성가가 흘
러나왔다는 이야기를 말이다.

처음에는 사람들이 좀 불편해하는 눈치였다. 감히 웃
으려 하지 않았던 것이다. 하지만 조금씩조금씩 웃음
이 터져나왔다. 임무 완수. 집주인이 사뭇 기뻐했다.

아마 다음번에도 또 그 집에 초대될 것 같다.

토마는 자신의 손과 대화를 나눈다. 손의 이름은 마르틴. 토마는 마르틴에게 쉬지 않고 종알댄다. 마르틴도 분명 토마에게 말을 할 것이다. 하지만 토마만이 마르틴의 얘기를 들을 수 있다.

마르틴에게 다정한 얘기를 해줄 때면, 토마는 나직한 목소리로 부드럽게 말한다. 하지만 가끔 언성이 높아질 때도 있다.

토마가 제법 화가 난 모양이다. 마르틴이 토마에게 듣기 거북한 소리를 한 것임에 틀림없다. 토마는 큰 소리로 마르틴을 나무란다.

마르틴이 그랬을까? '토마! 너는 왜 할 줄 아는 것
이 없니?'

솔직히 말해 마르틴의 솜씨가 그리 좋은 편은 아니
다. 옷을 입는다거나 밥을 먹는 등 일상적인 생활에서
마르틴이 토마를 돕는 일이 별로 없다. 마르틴은 섬세
하지 못하다. 토마가 물을 마실 때, 마르틴은 꼭 물을
엎지르고야 만다. 마르틴은 시원하게 움직이지 못하
고 더듬거리기만 한다. 마르틴은 셔츠의 단추를 채울
줄도 모른다. 마르틴은 신발끈을 묶을 줄도 모른다.
그리고 마르틴은 덜덜 떤다…….

마르틴은 고양이를 제대로 쓰다듬을 줄도 모른다.
쓰다듬는 것이 아니라 고양이를 치는 것 같다. 그러면
겁이 난 고양이는 도망가버린다.

마르틴은 피아노를 칠 줄도 모른다. 마르틴은 운전
을 할 줄도 모른다. 마르틴은 글을 쓸 줄도 모른다. 마
르틴이 할 줄 아는 것이라고는 추상화를 그리는 것밖
에 없다. 아마 마르틴이 토마에게 이렇게 말했을까?

그건 제 잘못이 아니라고 말이다. 자기는 그저 토마의 명령을 기다릴 뿐이라고? 마르틴이 나서서 할 일이 아니라, 토마가 직접 해야 하는 일이라고?

마르틴은 토마의 팔에 달린 손일 뿐이다.

"여보세요, 토마? 응, 아빠야."

침묵.

힘겨운 듯한 거친 숨소리만 들릴 뿐이다. 그리고 교육원 선생님의 목소리가 들려온다.

"들리니, 토마? 아빠야."

"잘 있었어? 아빠 목소리 기억해? 아빠야, 토마. 잘 지내지?"

침묵. 그저 거친 숨소리뿐…….

그리고 드디어 토마가 말을 하기 시작했다. 토마에

게도 변성기가 찾아왔다. 아이의 목소리가 굵다.

"아빠 어디 가?"

내 목소리를 알아본 것이다. 이제 대화를 이어갈 수 있다.

"어때, 잘 지냈어?"

"아빠 어디 가?"

"아빠랑, 엄마랑, 마리에게 줄 그림도 그렸니?"

침묵. 그저 거친 숨소리뿐.

"집에 가?"

"멋진 그림 그렸어?"

"마르틴."

"마르틴도 잘 지내지?"

"감티기! 감티기!"

침묵……

"아빠한테 인사할까? 아빠, 안녕 하고 말할까? 이제 끊어야 하는데……."

침묵.

그쪽 전화기가 허공중에 달랑달랑거리는 모양이다.

곧이어 교육원 선생님이 전화를 받았다. 토마가 전화기를 두고 가버렸다고 한다.

나도 전화를 끊었다.

중요한 말은 다 했으니 됐다.

토마의 상태가 좋지 않다. 진정제를 먹어도 계속 신경질적인 반응을 보인다. 가끔 토마는 이런 발작을 일으킨다. 그러면 토마는 위험해진다. 그래서 가끔은 정신병원에 입원을 시켜야 한다…….

다음주에 토마를 보러 갈 것이다. 가서 아이와 함께 식사를 할 것이다. 이제 곧 성탄이고 하니, 선물을 하나 준비해 가겠노라고 담당 선생님에게 말했다. 하지만 무슨 선물을 한담?

토마는 하루 종일 음악을 듣는다고 선생님이 말했

다. 모든 장르의 음악을 다 듣는단다. 하물며 클래식까지. 교육원에 있는 한 아이의 부모는 음악가이다. 그래서 그 아이는 모차르트와 베를리오츠를 듣는다고 한다. 나는 바흐의 골드베르크 변주곡을 생각했다. 바흐는 항상 신경질적이었던 케이설링 백작이 안정을 찾을 수 있도록 돕기 위해 이 곡을 만들었다. 그러니 이 곡은 아이들에게 큰 도움이 될 수 있을 것이다. 나는 이 음반을 사서 교육원에 가져갔다. 선생님이 음악치료를 시도해볼 것이다.

바흐의 음악이 진정제를 대신하는 날이 온다면 …….

30년이 흐른 오늘, 토마와 마튜의 탄생 소식을 알리는 카드를 서랍에서 찾아내었다. 아주 평범한 그런 카드였다. 아내와 나는 심플한 것을 좋아했다. 그래서 카드에는 꽃 그림도 없고, 백조 그림도 없다.

　카드는 누렇게 변색되었지만, 그 안에 적힌 글씨는 잘 읽을 수 있다. '기쁜 마음으로 마튜의 탄생을 알립니다. 토마의 탄생을 알립니다.' 라고 필기체로 씌어 있다.

　물론 아이들의 탄생은 우리에게 큰 기쁨이었다. 아

주 드문 순간이었고, 유일한 경험이었다. 강한 감동이 밀려들었고, 비할 데 없는 행복이었다…….

하지만 실망도 컸다.

'애달픈 마음으로 마튜와 토마가 장애아라는 사실을 알립니다. 머리에는 지푸라기만 들었고, 그 어떤 공부도 할 수 없으며, 평생 바보짓만 하고 살 것이며, 마튜는 불행하게 살다가 곧 떠날 것임을 알려드립니다. 토마는 더 오래 살겠지만, 늘 등이 굽은 채 살아갈 것임을 알려드립니다. 항상 자기 손과 대화를 나누고, 몸을 움직이기가 힘겹고, 이제는 그림을 그리지도 않으며, 예전보다 밝지도 않고, 더 이상 '아빠 어디 가?' 라고 묻지도 않음을 알려드립니다.'

아마도 토마는 자신만의 세상이 더 편한지도 모른다.

그것도 아니면…… 더 이상 그 어디에도 가고 싶지 않은 것일지 모른다.

아이들의 탄생 소식을 알리는 카드를 받을 때가 있
다. 하지만 나는 그 카드에 답장을 하고 싶지 않다. 행
복에 겨운 승리자들을 축하하고 싶은 마음도 없다.

질투가 나는 것이다. 그리고 난 후에는 부아가 치민
다. 몇 년이 흐른 후, 행복과 감탄에 겨운 부모
들이 아이의 사진을 나에게 보여줄 때 말이다.
부모들은 아이가 또박또박 한 말을 다 들려준다. 아이
들이 잘할 줄 아는 것이 무엇인지도 자세히 설명해준
다. 난 그런 부모들이 거만해 보이고, 또 상스러워 보

인다. 이건 마치 포르셰가 이래서 좋고 저래서 좋다며 낡은 소형차를 가진 사람에게 자랑하는 것과도 같다.

"우리 아인 네 살 때 벌써 글을 깨우쳤어요. 숫자를 셀 줄도 알았지요……."

나에게 다 보여준다. 생일 사진, 초가 몇 개인지 하나씩 센 후에 후 하고 불어대는 귀여운 아이의 모습, 그리고 그 장면을 비디오카메라에 담고 있는 아이 아빠의 모습까지. 그럼 내 머릿속에서는 못된 생각이 자리잡는다. 케이크에 꽂힌 촛불이 식탁보에 옮겨붙는 것이다. 그리고 커튼에, 그리고 온 집 안에.

당신의 아이가 세상에서 제일 잘생기고, 제일 똑똑하다. 내 아이는 세상에서 제일 못생기고, 제일 멍청하다. 이게 다 내 잘못이다. 제대로 실패한 것이다.

열네 살이 되어서도 마튜와 토마는 글을 읽을 줄도, 쓸 줄도 몰랐다. 겨우 말 몇 마디 할 뿐이었다.

토마를 보러 가지 않은 지가 꽤 오래되었다. 그래서 어제는 토마에게 다녀왔다. 예전에 비해 휠체어에 앉아 있는 시간이 더 길어졌다. 몸을 제대로 움직이지도 못한다. 시간이 조금 흘러 나를 알아본 토마가 물었다.

"아빠 어디 가?"

등은 점점 더 굽어간다. 토마는 밖에 나가 산책을 하고 싶어했다. 토마와 나의 대화는 무척 간단하고 반복적이다. 예전에 비하면 토마의 말수도 부쩍 줄었다. 하지만 아직도 손과의 대화는 계속되고 있다.

토마는 자신의 방으로 우리를 데려갔다. 노란색 칠을 해놓은 방은 빛이 잘 들었다. 토마의 스누피 인형도 늘 그렇듯 침대 위에 놓여 있었다. 벽에는 토마의 초기 작품 초상화를 붙여놓았다. 거미줄에 걸린 거미 모양이다.

토마는 얼마 전에 건물을 옮겼다. 이제 토마는 장애인 열두 명과 함께 지낸다. 모두 성인이다. 아니, 늙은 아이라는 말이 더 맞을 것이다. 이들에게는 나이가 없다. 날짜를 세는 것이 소용이 없다. 아마 이들은 2월 30일에 태어난 것이리라……

제일 나이가 든 친구는 파이프를 태운다. 그리고 교육원 선생님들에게 늘 메롱메롱거린다. 앞이 보이지 않는 한 친구는 벽을 더듬어가며 복도를 걸어다닌다. 몇몇 아이들은 우리에게 인사를 한다. 하지만 대부분은 우리에게 신경조차 쓰지 않는다. 가끔 누군가가 소리 지르는 것이 들린다. 그러고는 이내 조용해진다. 복도를 걷는 앞 못 보는 이의 슬리퍼 소리만 들릴 뿐.

방 한가운데에 벌렁 드러누운 원생들을 피해 다리

를 벌리고 지나가야 할 때도 있다. 이 아이들은 하늘을 보고 있다. 꿈을 꾼다. 그리고 이유 없이 웃는다.

슬픈 장면이 아니다. 익숙지 않은 장면일 뿐이다. 어떨 때는 아름답게도 보인다. 허공에 대고 느릿느릿 손을 저어대는 아이들의 모습을 보고 있노라면, 어떤 안무를 보는 것만 같다. 모던 댄스 혹은 가부키 극을 보는 듯하다. 자신의 얼굴 앞으로 두 팔을 비틀고 있는 아이는 에곤 실레의 자화상과 닮았다.

식탁에는 앞을 제대로 보지 못하는 두 원생이 앉아 서로의 손을 만지작거리고 있다. 또 다른 테이블에는 희끗희끗 머리가 벗겨진 또 다른 원생이 앉아 있다. 양복만 입혀놓으면 유능한 공증인의 모습을 닮을 것 같다. 단, 이 친구는 턱받이를 하고 있으며, 끊임없이 한 단어를 반복한다.

"똥! 똥! 똥! 똥!"

이곳에서는 모든 것이 용서가 된다. 아무리 괴상한 짓이라 할지라도. 아무리 미친 짓이라 할지라도. 그 누구도 이들을 비판하지 않는다.

이곳에서는 정상적으로 행동을 하고, 진지한 표정을 짓는 것이 더 이상해 보인다. 다른 이들과 달라 보이고, 가끔은 바보처럼 느껴질 때가 있다.

교육원에 갈 때마다 나는 그들처럼 행동하고 싶어진다. 다시 말해 바보짓을 하는 것이다.

의료교육원에서는 모든 일이 어렵다. 어떤 일은 거의 불가능하다. 이를테면, 혼자 옷을 입는다든지 벨트를 채우는 일이 그렇다. 지퍼를 올리거나 포크를 제대로 잡는 일도 어렵다.

스무 살이 된 늙은 아이를 바라본다. 선생님은 아이가 혼자서 콩을 골라먹을 수 있도록 도와주고 있다. 아이가 겪는 일상생활의 모든 행동들이 얼마나 어려운 것인지 이제야 이해가 간다.

간혹 올림픽 금메달감인 성공을 거두는 경우도 있

다. 아이는 콩알 몇 개를 들어올렸고, 하나도 흘리지 않고 입으로 가져갔다. 아이는 스스로가 무척 자랑스럽다. 환한 얼굴로 우리를 쳐다본다. 아이와 코치를 위해 국가를 불러줄 수도 있지 않을까.

다음주에는 제13회 의료교육원 대항 운동회가 열린다. 그나마 장애가 덜한 아이들이 참여하는 것이다. 종목도 다양하다. 과녁에 공 맞히기, 세발자전거 경기, 농구, 정확히 물건 맞히기, 전기자동차 경주, 승부차기 등. 나는 레제의 장애인 올림픽 그림을 떠올려보았다. '웃으면 안 됨'이라고 씌어진 플래카드가 가득한 경기장⋯⋯.

물론 토마는 경기에 참여하지 않는다. 토마는 구경만 할 뿐이다. 토마를 데려가 경기장 앞에 앉혀놓을 것이다. 공연을 잘 감상할 수 있도록 말이다. 하지만 토마가 경기에 관심을 가질지 의문이다. 점점 더 자기 세상에 빠져들고 있었기 때문이다. 도대체 무슨 생각을 하는 것일까?

나에게 아이가 어떤 존재인지 알기나 하는 것일까? 지금으로부터 30년 전, 항상 웃던 금발의 작은 천사, 환한 빛이 나는 아기천사로 태어난 토마는 말이다. 이제 토마는 분수에 장식해놓은 조각과도 같다. 입에서 물이 나오도록 만들어놓은 장식품 말이다. 토마는 침을 질질 흘리며, 더 이상 웃지도 않는다.

운동회가 끝이 났다. 메달과 트로피를 전달할 시간이다.

내가 자랑을 할 수 있는 그런 아이들이었다면 얼마나 좋았을까…… 너희들이 따온 학위, 너희들이 받아온 상, 경기에서 받은 트로피를 내 친구들에게 자랑할 수 있다면 얼마나 좋을까. 학위며, 상이며, 트로피를 거실의 유리 진열장에 놓아두었을 텐데. 우리 가족 사진과 함께 놓아두었을 텐데.

사진에 비친 나의 모습은 대어를 낚고 기뻐하는 낚시광의 얼굴처럼 행복에 넘치고 만족스러운 모습일 텐데.

난 젊었을 때, 아이들을 바글바글 낳을 생각이었다. 흥겹게 노래를 부르며 산길을 걷고, 나를 닮은 작은 선원들과 바다를 건너며, 형형한 눈빛과 끊임없는 궁금증을 가진 아이들과 세계 여행을 하고 싶었다. 내가 나무, 새, 별의 이름을 가르쳐줄 수 있는 그런 아이들.

농구하는 법을 가르치고, 배구하는 법을 가르쳐줄 수 있는 그런 아이들. 함께 경기를 하고, 가끔은 나를 물리칠 수 있는 그런 아이들.

좋은 그림을 보여주고, 좋은 음악을 들려줄 수 있는

그런 아이들.

몰래 욕을 가르쳐줄 수 있는 그런 아이들.

'방귀 끼다' 라는 단어의 변형을 가르쳐줄 수 있는 그런 아이들.

자동차 엔진의 기능을 설명해줄 수 있는 아이들.

말도 안 되는 우스꽝스러운 이야기를 만들어 들려줄 수 있는 아이들.

하지만 나는 운이 없었다. 유전자 로또에 도전했으나, 본전도 못 뽑았다.

"아이들이 몇 살이에요?"

내 아이들이 몇 살이든 무슨 상관이요!

내 아이들은 날짜를 셀 수 없는 그런 아이들이다. 마튜는 더 이상 나이가 없고, 토마는 백 살이 좀 넘었을 게다.

등이 굽은 작은 늙은이들. 머리가 정상적이지 않을지는 모르나, 어쨌든 내 아이들은 정이 많고 착하다.

내 아이들은 한 번도 제대로 나이를 안 적이 없다. 토마는 아직도 오래된 인형을 물고빨며 다닌다. 나이가 들었다는 것을 모른다. 아무도 토마에게 말해주지 않았다.

아이들이 어렸을 때는 해마다 새 신발을 사줘야 했다. 해마다 더 큰 치수를 골라야 했다. 아이들은 발만 자랐다. 아이들의 IQ는 자라지 않았다. 시간이 지나면 지날수록, 오히려 더 낮아지기만 했다. 내 아이들은 거꾸로 발달한 것이다.

장난감 큐브와 인형을 가지고 노는 아이들과 평생을 살아보라. 부모 역시 늙지 않는다. 도대체 뭐가 뭔지, 어느 상황에 있는지…… 알 수가 없다.

내가 누군지 모르겠다. 내가 어디 있는지 모르겠다. 내 나이도 모르겠다. 난 아직도 서른인 것 같다. 세상 만사가 두렵지 않다. 마치 내가 사상최대의 희극 속에 자리잡은 느낌이다. 난 진지한 사람이 아니다. 그 무엇도 진지하게 대하지 않는다. 계속해서 웃기는 말을 하고, 계속해서 웃기는 글을 쓴다. 내 길이 막다른 골목에 다다랐다. 내 삶은 막다른 길에서 끝이 난다.

"나는 눈물로 호소하며
동정을 사는 글을 쓰고 싶지 않았다"

장-루이 푸르니에

장-루이 푸르니에는 프랑스인들에게 무척 친숙한 인물이다. 이제는 텔레비전 화면을 통해 만나보기 어렵지만, 고(故)피에르 데프로주(희극인)와 늘 함께했던 유명한 블랙유머 작가이자 연출가이기 때문이다. 심한 고소공포증 때문에 날 수 없는 '안티플라이', 하지만 정체성에 치명적일 수 있는 그만의 특이사항을 오히려 혜택인 듯 받아들이는 어느 새의 이야기. 우유면 우유, 고기면 고기, 아낌없이 다 내어준 은덕을 몰라보는 인간들 때문에 신경쇠약증에 걸려 늘 구시렁거리는 젖소 『느와로드』. 프랑스 어린이들뿐만 아니라 그 부모들까지 매력 속으로 빠져들게 만든 『적절하지 못한 프랑스어 문법』. 그리고 취업전선에 뛰어든 신의 이야기인 『하느님의 이력서』가 모두 장-루이 푸르니에의 작품이다. 이처럼 독특하고, 유머 넘치며, 소위 까칠하기로 유명한 푸르니에가 이번에는 '장애'에 대한 이야기로 독자들을 찾았다. 분명 다루기 민감하고 심각한 주제임에 틀림없다. 자칫하면 신파로 빠져들기 십상이요, 아차하면 민감한 얘기를 너무 쉽게 쏟아부은 나머지 비도덕적이라는 지탄을 받아 마땅한 글이 나올 수도 있었을 것이다. 그러나 높은 판매량과 각종 미디어의 호평, 그리고 페미나 상의 영예가 말해주듯, 장-루이 푸르니에는 분명 알맞은 균형을 찾아 글을 썼다. 출간 당시 관련 기사를 보니 '적절한 톤으로 그려낸 유머와 감동의 작품'이라는 표현이 일색이다.

'장애아의 아빠는 웃을 자격도 없다······. 장애아를 둘이나 가진 아빠는 곱빼기로 슬픈 모습을 보여야 한다.' (본문 중에서) 이 작품은 장애인카드에 사진으로만 남을 뻔했던 두 아들에게 바치는 '웃을 자격 없는' 한 아버지의 후회의 글이요, 용서를 비는 편지다. 여느 부자(父子)가 할 수 있는 일을 하지 못한 것에 대한 후회, 아이들에게 더 잘해주지 못한 것에 대한 후회, 정상적인 삶을 살게 해주지 못한 것에 대한 미안한 마음을 토로하는 작품이기도 하다. 그러나 푸르니에는 책의 첫머리에서 밝혔듯, 누구나 다 심각한 분위기를 만들어내는 이 주제에 대해 미소 지으며 웃을 수 있는 글을 쓰고자 했다. 그래서 우리가 생각하지 못했던, 아니, 생각은 했다 치더라도 차마 말할 수 없었던 이야기들을 그 특유의 유머와 간결한 문체로 거침없이 표현해놓았다. 그러니 좀 심한 것이 아닌가, 이건 좀 과하다 싶은 표현과 단어들 앞에서 마음이 불편할 수도 있을 것이다. 동정을 불러일으키고, 눈시울을 적시고, 안타까운 마음에 가슴을 쳐야 할 얘기를 정말이지 아무렇지도 않게 털어내는, 심지어 죄 없는 아이들을 놀려대는 듯한 아버지의 모습에 충격을 받을 수도 있을 것이다. 아니나 다를까, 작가 역시 이 문제에 대해서 적잖이 고민을 했노라고 인터뷰를 통해 여러 번 밝힌 바 있다. 앞서 말했듯 '적절한 톤'을 찾아내는 일이 가장 힘들었다고. 그러나 어쩔 수 없이 이 작품 속으로 빠져들 수밖에 없는 이유가 있다. 그것은 바로 푸르니에 특유의 유머, 그리고 무심히 툭하고 내던지는 뼈 있는 한마디 한마디 때문이다.

『아빠 어디 가?』에서 보여지는 작가의 모습은 심한 고소공포증으로 날 수 없는 새 '안티플라이'를 많이 닮아 있다. 놀림의 대상이 되기 쉬운 자신의 문제(여기서 과연 문제라는 단어를 쓰는 것이 적합한가……)를 오히려 하나의 혜택인 듯, 큰 장점인 듯 받아들이는 새. 푸르니에는 여느 아이들과는 다른 아이들을 둔 덕에 남들이 받지 못하는 혜택을 받았다고 말한다. 절망 속에서 희망을 찾는 낙천적인 사고의 소유자라는 진부한 표현을 쓴다면 맞을까. 그렇다고 해서 푸르니에가 자신의 삶과 그 무게를 무조건 장밋빛으로 보는 것만은 아니다. 장애아의 부모로서 받아야 하는 스트레스, 아이들을 잘못 낳은 데 대한 죄스러움을 솔직히 털어놓는다. 자신이 처한 어려운 상황은 저마다 괴롭고 힘들다. 다만 다른 점이 있다면, 푸르니에는 그것을 겪어나가는 방법에 있어 눈물보다는 웃음을 사용한다는 것이다. 작가의 말을 빌리자면, 고통의 나락으로 빠져들어가는 대신 그나마 세상에 두 발을 붙이고 있을 수 있도록 해주는 유일한 것이 '웃음'이라고 한다. 따라서 독자들은 우리를 조심스럽게 만들고, 또 조심스러울 수밖에 없는, 그래서 동정과 눈물로 쉽게 결론지어버리는 현실의 한 부분을 조금은 '다른' 시각으로 보게 되는지도 모르겠다. 잘잘못을 따지기 전에, 작가에게 보여지는 장애의 모습은 어떤 것인지 지켜볼 만한 게 아닐까. 장애에 대해 작가가 생각하는 바를 그의 눈으로 바라볼 만하지 않은가.

푸르니에는 사회가 버리고 사람들이 잊은 아이들, 어린 나이에 몸이 굽은 ET를 닮은 아이들, 여느 아이들과는 다른 그 아이들이 존재할 수 있도록 이 글을 썼다. 그 누구도 소식을 묻지 않고, 오히려 세상을 떠나는 것이 부모에게 큰 짐을 덜어주는 것이라고 여겨

지는 이 아이들이 소설 속 주인공이 되기를 바라며 쓴 글이다. 부끄럽고, 무섭고, 무슨 말을 해야 할지 몰라 40년이나 숨겨왔던 아들들의 이야기, 그리고 불쑥불쑥 찾아들어 독자들을 픽 하고 웃게 만드는 푸르니에의 유머와 감동은 대놓고 눈물을 호소하는 글보다 어쩌면 우리의 마음을 더욱 더 옥죄는 것일지 모른다. 몸이 성하지 못하며, '아빠 어디 가?' 만을 계속해서 반복해댈 뿐이고, 머리에는 '지푸라기' 만 든, 남들과는 확연히 다른 이 아이들을 놀리는 것은 그런 자녀를 둔 자기 자신을 놀리는 것이다. 거대한 코를 가진 자신을 놀려댔던 시라노와도 같이 말이다. 웃는 게 웃는 게 아니라는 말이 실감 나는 책이다. 아이들과의 추억을 짚어보며 그들을 위해 쓴 편지, 하지만 정작 그 아이들은 읽을 수 없는 이 편지를 읽을 수 있다는 것은 큰 행운인지도 모르겠다.

2009년 1월
강미란

옮긴이 **강미란**

중앙대학교에서 불문학 학사와 석사를 마쳤다. 그동안 한국어를 불어로 옮기는 일을 주로 해왔다. 현재는 보르도 3대학에서 멀티미디어 시스템을 통한 불어교육과 불어학을 공부하고 있으며 번역가로 활동하고 있다. 옮긴 책으로는 『직딩들을 위한 낙서책』 『샤바의 소년』 『다이어트 소설』 『차마 못 다한 이야기들』 등이 있다.

아빠 어디 가?

1판 1쇄 발행 2009년 2월 20일
1판 8쇄 발행 2009년 3월 30일

지은이 장-루이 푸르니에
옮긴이 강미란
펴낸이 정중모
펴낸곳 도서출판 열림원
기획 한소원
책임편집 강희진 박지애
디자인 김해연
제작 송정훈 윤준수
영업 남기성 김정호 김경훈 박치우
관리 김명희 박금란 김은경
등록 1980년 5월 19일(제406-2003-026호)
주소 경기도 파주시 교하읍 문발리 파주출판도시 513-15
전화 02-3144-3700
팩스 02-3144-0775
홈페이지 www.yolimwon.com
이메일 editor@yolimwon.com

* 책값은 뒤표지에 있습니다.

ISBN 978-89-7063-620-7 03860